横浜青葉高校演劇部
コント師になる⁉

田中ヒロマサ

TANAKA Hiromasa

文芸社文庫NEO

プロローグ

十一月中旬。

私たちは、泣いていた。

夕陽が西に傾き、街路樹が長い影を落としている。日中はあんなに穏やかな気候だったのに、吹きつける風は冬を予感させる寒さを孕（はら）んでいて、いや、そう感じるのは私の精神状態が影響しているのかもしれない。

神奈川県立紅葉ヶ丘青少年会館。その駐車場脇のスペースで、私たちは泣いていた。ホールの客席で講評と審査結果を聞いたのは、どれくらい前だろう。記憶が曖昧だ。講評は何を言われたんだっけ？　たしか高校生らしさがどうとか、よくまとまってはいるけどとか、講評の決まり文句みたいなのを聞いた気がする。

この県大会を勝ち抜いた三校が、ブロック大会に出場できる。私たち横浜青葉高校演劇部は、その三校に選ばれなかった。

駐車場に規則正しく並べられた車の窓に、涙でくしゃくしゃになった私の顔があった。動きやすさを重視してお団子にしている髪は、ほどけてだらしなく散らかっている。舞台に立つ時だけのお化粧のせいで、目尻からは黒い線が垂れてきていた。

紺のブレザーとタータンチェックのスカート。高校生らしい制服を着ても、中身はまだ中学生なのかもしれない。気持ちのコントロールができなくて、涙が止められない。

「泣くのは終わりにしよう。一、二年生は来年もあるんだし」

部長の千織(ちおり)先輩が、無理しているのが丸わかりの笑顔を見せた。ぽっちゃり体型で柔和な顔。先輩たちからは〝お母さん〟なんて呼ばれちゃってるんだけど、実際そういうキャラだからしょうがない気もする。

そうだ、三年生が一番つらいのに、一年の私がいつまでも泣いてるわけにはいかないよ。私たちには、次があるんだから。宮内風里(みやうちふうり)、しっかりしろ。

必死に自分を鼓舞して、辺りを見回す。涙する二、三年生とは対照的に、一年生はというと……。

「俺、もう帰っていいすか？」

飲み干したレッドブルの缶を自販機横の屑篭に投げ入れた岡崎海斗(おかざきかいと)は、気だるそうに長めの髪をかき上げた。細身の長身を折り曲げて地面に置いたリュックを拾う姿も、すべてが様になっていて、でも今はそれがムカつく。

「あたしも」

百七十センチの痩身、二重の大きな瞳、高い鼻、涼しげな口元。長い黒髪をシャンプーのCMのように、パサーッて振りまいて、新倉美月が海斗のあとに続いた。

「ちょっと二人とも、もう少し待とうよ」

制した私に、美月が憐れむような目を向けてきた。

「待つと結果が変わるの？」

「付き合ってらんねえよ。何が全国目指してますだよ。全国どころか、ブロック大会にも行けねえって、アホくさっ！」

海斗が欧米人のように、両手を広げてみせた。

「一年生には申し訳ないことをしたわね。四人とも、全国に行くつもりでこの高校を受験してくれたんだもんね」

染み入るような声で言った千織先輩が、私たちを一人ずつ、真っ直ぐに見つめてきた。その瞳の表面では、膨張しきった涙が今にもこぼれ落ちそうに揺れている。

「本当に勝つ気あったのかよ、こんなクソみてえな脚本で」

「海斗、それは言いすぎだよ！」

たまらず私は制したけど、海斗は悪びれる様子を微塵も見せていない。なんなら、この機会に言いたいことを全部ぶちまけてやるくらいの気持ちなのかもしれない。でも、それは今じゃない。これで引退する三年生を慮（おもんぱか）るべきだ。

「そうね、こういう結果になった以上、何を言われても仕方がないわね」

「何で杏（あん）に書かせなかったんだよ？」

それは……、私も思ってはいたことで、でも今じゃないんだってば！

胸の中を、竜巻みたいなのが滅茶苦茶に掻き乱していく。

肝心の泉野（いずみの）杏は他人事（ひとごと）のように俯いて、〝きのこの山〟を摘んでいた。

嘘でしょ、今食べるか？

小学生のようなツインテールで、百五十センチもない身長、色白でまん丸の瞳と小さな口。『ザ・美少女』なんだけど、もう少し協調性を持ってもらいたい。

「作（サク）・演（エン）出は部長がやるっていう伝統が――」

「負けちまったら意味ねえだろ！　何が伝統だよ」

海斗は完全に喧嘩腰だ。結局、間に入るのはまた私で、損な役回りだ。

「海斗、落ち着いて。そういう言い方じゃなくて、もっと冷静に話そうよ」

「いい子ぶるのはやめなよ。風里だって思ってるんでしょ、偏差値のレベル落としてまでわざわざここに来たんだから」

美月の声は、氷柱のように鋭く冷たかった。

演劇部のなかった中学校で、海斗、美月とともに創部から始めて、杏も加わって、中三の時に『全国中学校総合文化祭』の演劇部門で優勝。四人で高校演劇でも天下を取ろうと約束して、地元の強豪、横浜青葉高校を受験することにした。海斗と美月は必死に勉強して、杏と私はレベルを下げての受験だった。

「俺は帰る。美月、杏、行こうぜ。風里は残りたきゃ残れ。反省会でも傷の舐め合いでも、好きなだけやってろ」

三人の背中が小さくなっていくのを眺めながら、私は暗い穴に吸い込まれていくような感覚に襲われた。

なんで帰れるの？　ここで帰るほうがどうかしてるよ。

1

あれから約一年半後、四月八日、水曜日。

茜色の残照と一緒に、冷たく埃(ほこり)っぽい風が、全開にした窓から吹き込んできた。教室の半分くらいの大きさの部室。運動部に比べたら狭いけど、衣装や小道具を整理整頓すれば、ちゃんと稽古もできる。そう、稽古もできる、人さえいれば。

私はぴしゃりと窓を閉め、黄昏(たそが)れるのをやめた。もう溜息も出やしない、出尽くした。

一昨日、入学式があった。その一年生に向けての『新入生歓迎会』が催されたのが今日。その中で部活紹介があって、演劇部である私は一人芝居を披露したわけで、でも結果は散々というか、惨敗。

現在部員は、三年生の私一人。一人でも大会には出場できる。だけど、私はあの子たちみたいな天才じゃないから。

努力で天才は超えられないけど、近づくことはできる。これが私の信念で、半ば意地になってここまでやってきた。でもさすがに、限界かなって思う。そう、つまりここで新入部員が入ってこなかったら私は引退、演劇部は廃部。

「風里、いるか？」

あまりに唐突だったから、心臓が大きくひと跳ねした。声のほうを見やると、ノックもなしに扉が開いて、海斗が入ってきた。ウエーブのかかった長めの髪をかき上げる仕草が鼻につくんだけど、そんなことを言ったら暗殺されかねない。海斗が廊下を普通に歩いているだけで、下級生の女子たちから歓声が上がるくらいだから。

それにしても、なぜいつもレッドブルを飲んでいるのだろうか。運動部でもないし、いったい何に使うエネルギーを補填しているのだろう。

「普通に入ってきちゃってるけど、あんたが来ていい場所じゃないから」

「やっぱ俺ってまだ出禁なんだ、ここ」

それがわかっているなら、さっさと出ていってほしい。でも海斗にそんな気はさらさらないようで、椅子を見つけて腰を下ろしている。標準の紺のブレザーは羽織らずに、白のVネックセーター。グレーのパンツはちょっとルーズに穿(は)いたりして、たしかに見てくれはいいかもしれない。

あれ以来、三人は部活に来なくなった。退部届を出していないから、厳密に言えば籍だけは残っている。だけど、なんのケジメもつけずに、フラフラと自由に出入りしていい場所ではない。

もう一年半くらい前か。すごく前のことのような気もするし、つい最近のようにも感じる。

「一人芝居、悪くなかったぜ」

部活紹介に関わらない三年生に、登校義務はない。それなのに、わざわざ来て見ていたのか。なんのために？

「お世辞はいい。あんたや美月みたいな天才なら、一人でももっとできるんだろうけど、私にはあれが限界だから」

私は一人で何役も演じるのが好きで、時にそれは邪道とか言われたりもして……。しょうがないよ、一人しかいないんだし、それしか得意分野がないんだから。

「俺も美月も、子供や老人や異性を演じるのは得意じゃねえよ。そういうのは昔っから、おまえが一番だろ」

天才が気まぐれで凡人を褒めないでほしい。子供や老人や異性を演じる必要性は、学生演劇までだ。プロも社会人の演劇も、そのとおりの役者を用意すればいいだけだから。もちろん例外もあるけど。

「それで、本題は？」

私の一人芝居が見たくて登校義務のない日に来るなんて、あり得ない。だからこそ気になる。

「駅前のマックでも行かねえか？」

「はあ？　ナンパ？　だったらほかあたって」

予期せぬ方向からボールが飛んできて、一瞬面食らった。

「おまえをナンパするほど女に困ってねえよ。ちょっと話があるだけだ」

「だったら、ここでして」

私は窓の外に目をやった。練習を終えた野球部が、片付け作業をしている。体操着姿でその手伝いをしているのは新入部員か。羨ましい。

「これで演劇辞めちまうのか？　新入部員も来る気配ねえし」

「どの口が言うんだか。誰のせいで、演劇部がこんなことになったと思ってるのよ」

さすがに言い返さずにはいられなかった。三年生が引退し、一年生の主力である海斗たちが来なくなった演劇部は散々だった。唯一の一年生となった私は、二年生の先輩たちと一緒に演劇部を立て直そうと奔走した。でも、なかなかうまくいかなくて、そんな状態だったから私が二年生になった時の新入部員の勧誘にも失敗して、一学年下の部員はゼロ。ヒリヒリとした痛みが胸を襲う。

「待てよ、ケンカしに来たんじゃねえから」

海斗は立ち上がり、片手を突き出して制してきた。

「だったら、早く本題を話してよ」

「だから、その、まあ……、あれだ」

レッドブルの缶を握り締めて、海斗が言い淀んでいる。こんなに歯切れの悪い海斗も珍しい。でもそれが、今はウザい。

「用がないなら帰ってよ。私も暇じゃないから」

「あのさあ、エンペラーオブコントって知ってるか？」

意を決したとばかりに、海斗が真っ直ぐに私を見つめて言った。でも、何よ。いきなり、何を言いだすのよ。まあ、お笑いは好きだから、もちろん知ってはいる。テレビ赤坂が主催する日本最高峰のコントの大会で、決勝戦はゴールデンタイムに生放送されているから、芸人さんたちの熱い戦いを毎年見ている。

「エンペラーオブコント、一緒に出ねえか？」

レッドブルを飲みすぎると、頭がおかしくなるのだろうか。いや、そんな話は聞いたことがない。


東急田園都市線、青葉台駅と田奈駅の間の住宅地。どちらの駅にも歩いて二十分くらいかかるのが難点。でも一軒家に住めて自分の部屋があって、私立の高校に通わせてもらっていることを考えれば、私は恵まれているのだろう。家に帰れば、こうして一人娘のために、晩ご飯が出てくるわけだし。

「なんでドリアなの？」

ダイニングテーブルの向かいに座るお母さんに聞いた。まとめた髪をお団子にするのは、私と被るからやめてって言ってるんだけど、なかなかやめてくれない。ただでさえ、顔がそっくりだって言われるのに。

「昨日のご飯が残っちゃったから」

父親は昨日も帰ってこなかったのか。仕事人間なのは昔からで、最近はさらに酷くなった気がする。てか、晩ご飯作る必要ある？　帰ってこない日のほうが多いんだから、作ることないって。

「だったら、お茶漬けのほうがいい。和食が食べたいの。白いご飯とお味噌汁が一番元気出るんだから」

和食は最高だ。日本に生まれてよかった。パン食文化の国では、生きていける気がしないもん。

「今日の新入生歓迎会はどうだったの？」

私のわがままは話題を変えて受け流す、それがお母さんの戦法。

「入部希望者は来たの？」

「そんなに簡単に新入部員が来たら苦労しないよ。部活紹介の当日に、部室前に列ができるのなんて全国レベルの運動部くらいだから」

うちの高校で言えば、女子バスケ部とか、女子卓球部とか。あ、でも野球部はもう新入部員が練習に参加していたような。

「部活もいいけど、そろそろ進路のことも真剣に考えないと」

鶏のササミの入ったサラダに、お母さんがドレッシングをかけてくれた。フレンチドレッシングじゃなくて、和風ドレッシングのほうが好きなのに。

「そんなのわかってるから、プレッシャーかけないでよ」

「お母さんだって、プレッシャーなんてかけたくないわ。でも、そうも言っていられなくなったの」

お母さんの顔には、疲れているような陰りがあった。てか、ドレッシングかけすぎだから。

「お父さん、海外への転勤が決まったの。シドニーよ」

一瞬だけ心臓がチクッとしたけど、そんなのすぐに収まった。

世間的には中堅どころの商社に勤めている父親は、仕事のことしか考えていないような人で、私の学校行事になんて一度も顔を出してくれたことがない。私が中学生の頃は福岡に単身赴任していたから、全国優勝をしたあの舞台も見にきてはくれなかった。東京に戻ってきてからも、私が起きるより前に出かけて、日付が変わる頃に帰ってくる。いや、帰ってこない日のほうが多い。

「お父さん、お父さんていう歳じゃないし、てか、もともとお父さん子じゃないし、私には関係ない」

「風里ならそう言うと思ったんだけど……」

お母さんは、冴えない表情で言い淀んだ。なんか今日は、歯切れの悪い人とばかり話をする日みたいだ。

「言わなきゃいけないことがあるなら、はっきり言って」

「来月には発つみたいだから、まずは単身赴任てことになるんだけど、風里が高校を卒業したら、お母さんも行こうと思ってるの」

そう来たか。そうなると、関係なくはないか。

黒い霧みたいなのが立ち込めてきて、胸の中が苦しくなった。

「進路については風里が決めることだし、お父さんとお母さんについてくるっていうなら、向こうの大学に進学してもいい。日本で進学するにしても、もう大学生なんだし一人暮らしだってできると思う。でもいずれにしても、この家は手放すことになるわ。今度の転勤は、定年まで向こうになるかもしれないってことだから」

そんな大きな話なのか。なんだか胃の中に岩でも詰め込まれたみたいな気分だ。

あと回しでいいと思っていた進路のことと、真剣に向き合わなきゃいけない時期が来たってことか。

食欲なんて一気に失せたから、二階の自室に逃げ込んだ。六畳の飾り気のない部屋だけど、ここが一番落ち着く。

本棚から六法全書を取り出して、いつもより大きな声で朗読した。中学の頃からのストレス発散方法。細かい文字を追いながら、感情のない、無機質な文章をひたすら読み上げる。傍から見たらおかしな人だろうけど、私の場合はちょっと異常な暗記力もあるから、いつかこれが生活に繋がるんじゃないかっていう期待も込めて。

でも、まずは大学か。

演劇部も終わっちゃいそうだし、私の高校生活は実質終了って感じかな。

私の夢、もう叶わないのかな。もう一度、もう一度だけでよかったのに……。

六法全書を読み上げる声が、どんどん大きくなっていた。

2

四月九日、木曜日。

ぽかぽかとした暖かい空気が、春の匂いを運んでくる。先月までの寒さが嘘のように、過ごしやすい陽気だ。

今日から授業が始まった。まだ午前だけの短縮授業だから、私は購買で買ったおにぎりとお茶を持って、部室に籠もることにした。日当たりがいいおかげで、日中は暖かい。

予想はしていたけど、昼食を済ませても誰も来やしない。スマホをいじって時間を潰したり、なんなら受験勉強をしたっていい。でもそんな気になれないのは、昨日聞いたお母さんからの話が頭をかすめるからだろう。勉強の先には進路があって、それを考えだすと全身が重たくなる。

「おっす」

声と同時に、部室の扉が開く。いきなりだから、どうしても驚いてしまう。どうせ、あの男なのに。

ノックがないのを今さらどうこう言うつもりはない。だけど、続けて来るのはやめてほしい。

海斗は、すでに飲み干したらしいレッドブルの缶をゴミ箱に投げ入れて、我が物顔で机を挟んで私の目の前に座った。

「入部ですか？」

いつもより棘のある声が出た。皮肉の一つでも言ってやらないと気が済まない。

「昨日の話、考えてくれたか？」

頭痛がした。冗談にもほどがある。今の私は、それどころじゃない。

「忙しいから帰って。そもそも、出禁だってことも忘れないで」

「このまま受験勉強漬けになる気か？　これっきり、人前で演技しなくてもいいのかよ？」

なぜこの男は、私の怒りの弓を引こうとするのか。心臓がキリキリと締めつけられる。

「何度も言わせないで！　全部あんたたちのせいで、こんなことになってるんだから」

海斗との間にある机を、派手な音が立つほどに叩いてやった。

「今年の新入部員が来ないのは、俺たちのせいだけじゃねえだろ」

そんな気もするし、でも本を正せば、あんたたちのせいだとも思うし、よくわからないから腹が立つ。うまく言い返せないからムカつく。どうしていいかわからないから、やり場のない怒りが湧き起こる。もう私には、何もできないよ。

体の中で、何かがサラサラと崩れていくのを感じた。

「一人芝居、マジでよかったぜ。あれをコントに生かそうぜ」

声は穏やかだけど、その目には確かな光が宿っていた。

「なんでコントなのよ？　人前で演技がしたいなら、アマチュア劇団にでも入ればいいでしょ？」

いや、海斗の実力なら、もっと上だって狙える。認めたくはないけど、彼は天才だ。いわゆる『カメレオン俳優』ってやつで、役が憑依するタイプだ。天性の才能で、どんな役も演じきってしまう。というより、彼は演じているという感覚すらないと思う。

さらに言えば、顔面偏差値もかなり高い。それを裏づけるエピソードとしては、中学時代のあの話をすれば手っ取り早いだろう。〝他薦〟のみを受けつける某ファッション誌のイケメンコンテストに、部活の後輩たちが勝手に応募しちゃって、トントン拍子に勝ち上がってしまった話。かなりの騒ぎになったんだけど、海斗自身は興味がないらしく、途中で辞退してしまった。

やめた、やめた、凡人の私が天才を評価して何になる。虚しくなるだけだ。

「劇団じゃ金にならねえだろ。エンペラーオブコントの賞金て、いくらか知ってるか？　一千万だぞ、一千万」

なるほど、お金か。

「俺ん家が、裕福じゃねえことは知ってるだろ？　母親はパートを掛け持ちして、借金までして俺を私立の高校に入れてくれたんだ。この辺で恩返しの一つでもしてやりてえし、卒業したあと、何をするにしても先立つものがねえとな」

海斗ははにかむように笑いながら、私から視線を逸らした。

そういうことなら、合点がいく。海斗の家は母子家庭で、さまざまな面で苦労してきたことは、小学生の頃からの付き合いだし、それなりに知っている。

たしか小三の時に、父親が外に女の人をつくって家を出ていったとか。その頃から海斗も荒れ始めて、手がつけられない時期もあった。そんな彼が、お母さんに恩返しか……。

胸の奥で、何かが震えるような気がした。

「どんなコントする気なの？」

斜に構えていた体を真っ直ぐ彼のほうに向けて、目を合わせた。

「おっ！　乗り気になったか？」

立ち上がり、机に両手をついて、海斗が身を乗り出してきた。近い、近い。

「やるとは言ってない。あんたがどの程度本気なのかと思って」

「本気も本気、超本気だぜ。これが終わるまではバイトも休ませてもらえるように、店長と交渉してきたしな」

乗り出した身を元に戻し、両手に拳を作った海斗の目には、真剣さを伝える光が宿っていた。

これには驚いた。高校に入ってすぐ、海斗はコンビニでバイトを始めた。私立の高校だから原則バイトは禁止なんだけど、家庭の経済的事情で許可が下りるケースもあって、海斗はその許可を取って結構ハードに働いてきたのを知っている。高一の時のあの一件までは、演劇部の活動と両立して頑張っていたほどだ。そのバイトを休むとは、かなりの覚悟を感じる。

「もう一度聞くけど、どういうコントをする気なの？」

「具体的なことは、何も決めてねえんだけどな」

落胆した。溜息（ためいき）が自然とこぼれる。少しでも、こいつを見直して損した。数秒前までの、私の感動を返しなさいよ。

「だって俺は役者だぜ。脚本書いたりできねえもん」

開き直るな。

唇を尖らせて平然と言い放った海斗は、ドカッと椅子に腰を下ろした。今さっきまでの熱量はどうしたのよ。

「だからよお、杏に書いてもらおうかなって」

書いてくれるわけないでしょ。そんなことも、この男はわからないのか。

「それから、美月も誘ってみるつもりだ」

絶対無理だわ。断られるっていうより、キレられるから。

「このへんはさあ、おまえを見習おうと思ってるわけよ」

「はあ？　どういう意味よ？」

「昔っから、風里って行動力があるよな。自分の決めたことに対して、真っ直ぐに進んでいくっていうか。人をまとめる力もあるし、リーダー気質っていうか。初めて言うけどよお、おまえのそういうところかっこいいと思ってたんだぜ」

その台詞が照れ臭かったのか、海斗は立ち上がり、さりげなく窓際に向かっていく。

まったく、何を言いだすかと思えば、勘違いも甚だしい。

「ふざけないで。一緒にしないでよ。あんたがやろうとしてることは行動力とかじゃなくて、空気が読めない向こう見ずな大バカヤローのやることだから」

「いちいち空気なんて読んでたら、何もチャレンジできねえだろ」

窓に寄りかかるようにして、海斗が顔を向けてきた。

ちょっとかっこよく聞こえるからムカつく。

私は自分の決めたことに責任を持ちたいから、真っ直ぐに進んでいるんだ。人をまとめるのだって、個性的な天才たちに囲まれていたから、自然とそういう調整役が回ってきただけだ。

「美月のやつ、今でも走ってるんだぜ。あの感じだと、中学ん時の日課も全部こなしてるんだろうな」

嘘でしょ、中学時代の日課？　走り込み、腕立て、腹筋、背筋……。そう、部長の私が決めたことだ。

「美月が走ってるなんて、なんであんたが知ってるのよ？」

なんだか無性に気になって、問い詰めるように海斗の立つ窓際に歩み寄った。

「俺も走ってるからだよ」

なんのためによ？　部活もやってないあんたが、暇潰しでやるようなことでもないでしょ。

「演者が俺と美月とおまえで、脚本が杏。この四人が揃えば無敵だろ。また天下取ろうぜ」

笑っちゃうくらい、おめでたい奴だ。でも、私は彼を笑えるのだろうか。

肩を落として、俯いている自分に気づく。胃が肺にめり込んだみたいに、呼吸が詰まった。

現役演劇部の私は、もう走ってないよ。腕立てもしてないよ。

それから、諦めかけていた私の夢が頭をよぎる。淡い期待が、胸の中に広がっていく。叶うはずのない夢だとわかっているはずなのに。

窓の外から聞こえてくる野球部の子たちのかけ声と、ボールを打つ金属音が、妙に頭を刺激した。

流れでついてきたはいいけど、私自身がまだ決めかねているのに、人を誘っていいわけがない。ここは脇役に徹するべきだろう。

図書室内の自習スペースは、教室三つ分くらいの広さがあって、こういうところはさすが私立だなって感心する。しかもゴリゴリの進学校ではないから、小声なら適度に会話もできるし、談笑スペースみたいな使い方もできるからありがたい。

その一角で杏はなにやら厚めの本を開いて、また〝いつもの〟を小さな口に運んでいた。美少女特有のアンバランスさというか、悪く言えば虚弱体質のようにも見えるんだけど、それがまた可愛らしくて、女の私から見ても守ってあげたくなる。

でも〝きのこの山〟はだめでしょ。図書室は飲食禁止だよ。

「なあ杏、頼むよ」

杏の背後に立った海斗は、両手で彼女のツインテールを持ち上げた。中学時代からのコミュニケーション手段なんだけど、もういい加減やめてあげて。

「わたくしのツインテールは持ち物ではありません」

杏は顔を上げようともせず、机の上の本に視線を落としている。隣に立つ私が覗き込むように確認すると、問題集であることがわかった。

「じゃあ、書いてくれるか？」

「書きたくありません」

だよね。それが普通の反応。杏は悪くない。

「美月さんはやるって言ってるんですか？」

顔を上げようとはせず、問題集に視線を落としたまま、杏が聞いた。

「まあ、それはこれからだな」

「まず美月さんのところへ行ってください。美月さんがやるなら、わたくしも考えます」

体よく断られたね。美月が絶対にやらないのがわかってるからでしょ。

「よっしゃー、じゃあまずは美月だな」

救いようのない大バカヤローって、本当にいるんだね。

「ねえ杏、進路は？」

大バカヤローは放っておいて、私は杏の隣の席に座った。ここへ来たのは、杏と少し話がしたかったってのもあるから。

「文学部に行こうと思っています。興味のある大学の指定校の枠が一枠だけあるみたいなので、それを狙います」

そうか、指定校狙いってことは、ここからの定期テストは落とせないよね。杏のことだから、ここまでもしっかり点数取ってきたんだろうけど。

「ドラマの脚本、もう書いてないの？」

「受験生ですから」

私なりにけっこうな勇気を振り絞って聞いたんだけど、杏は困惑する様子も見せず、唇に微笑を残していた。

「ドラマの脚本や一時間ものの演劇の脚本てわけにはいかねえだろうけどよお、数分のコントなら書けるだろ？　もったいねえよ、杏は世間的に有名になっていい脚本家だぜ。そのチャンスだと思わねえか？」

杏の背後から、海斗が前のめりに身を乗り出してきた。

私が話してるのに、割り込んでこないでよ。

「世間的に有名な脚本家になら、一度なりましたから小学生の時に。あんな形ではありますけど」

話はここまでとばかりに、杏は〝きのこの山〟を摘んで、問題集に目をやった。

何やってるのよ、杏が一番思いだしたくない部分に繋がるようなこと言っちゃって。〝脚本〟ってワード出すだけで私はドキドキしたのに、〝世間的に有名〟なんて絶対NGでしょ。

私たちの関係でも、立ち入ってはいけない部分がある。中学の時からの暗黙の了解というか。時間が経ったからもう平気、なんてことはないだろうから。

「いた！　追いかけるぞ！」

海斗は、メタリックブルーのマウンテンバイクに飛び乗った。中学の時に、何かの懸賞で当てた彼の愛車だ。海斗はそういう運も持ってるから、それがまたムカつく。

「私のママチャリ、スピード出ないから」

自分の自転車は、かなり前にチェーンが切れて動かなくなった。その時にお母さんから奪ったママチャリ。通学に不便はないから、そのまま使い続けている。

図書室を出て美月の教室に行くと、すでに彼女は下校しちゃってて、美月の家まで押しかけようとする海斗を制しながら駐輪場に来ると、正門を出ていく彼女の姿を見つけた。赤い折り畳み自転車に乗ってストレートのロングヘアをなびかせる姿は、まさにドラマのワンシーンのようだった。

結局、美月に追いついたのは私たちの母校、青葉二中が見えてきた辺りで、近くの田奈山公園で話をすることにした。

白い小さな雲が散らばる青空は、まだ朱色に染まる気配を見せない。少し日が長くなったのかもしれない。

この公園は滑り台などの遊具もあるけど、大きな広場になっていて、小学生らしき少年たちがボール遊びをしている。公園自体が高台にあるので、眺めもいい。満開の時期を過ぎたとはいえ、眼下には桜の海原が広がっている。

「何かと思えば、本気で言ってるわけ？」

ベンチに座る美月が、眉を険しく寄せながら長い足を組んだ。タータンチェックのスカートから伸びる細く白い足。ロシアのフィギュアスケート選手にいそうな美人だと、改めて気づく。

そんな美月の正面に、私と海斗が立つ形で向かい合った。

「このアホカメレオンだけならまだしも、風里までどうしたのよ？」

美月は昔から、カメレオン俳優を揶揄(やゆ)して海斗をこう呼ぶ。

「風里、何か弱味でも握られてるの？」

「私もまだ決めたわけじゃないから」

そう、私はまだ決めたわけじゃないんだけど、心を動かされる何かがあるのは確かだ。演劇部をどうしようとか、進路のこととか、高校卒業後の生活とか、いろいろありすぎて頭の中がぐるんぐるんしてて、そんな時に海斗がとんでもない話を持ってきて、あれ？　これって私、逃げ道を探してるのかな？　いや、そうじゃなくて、私は夢を見てるんだ。もしかしたら、またみんなでって。

胸の中でうごめく説明できない何かを、私は必死に抑え込んだ。

「杏にも声かけてるし、美月もやろうぜ。おまえは華があるから、どうしても必要なんだよ」

まあそうだけど、華のない脇役気質で悪かったわね。

「なんであたしがコントなんかしなきゃならないわけ？」

美月は煩わしそうに顔を顰めた。

「だからよお、また四人で――」

「いつまで引きずるつもりよ？　もう三年も前、中学の時の話でしょ」

言葉尻を引ったくられた海斗が、反論できずにいる。

美月は、前を向いている。過去の栄光を持ち出したところで今の美月には響かないだろうし、海斗の姿が後ろ向きに映っていることだろう。

胸が痛い。あの頃を回顧しているのは、たぶん海斗以上に私だから。

「スノープロモーションていう芸能事務所に入ることになったの。まだ看板役者もいないような小さな事務所だけど、映画やドラマのオーディションは受けられるから」

淡々と話す美月の中に、ほのかに高ぶった感情が見えた。

「そりゃすげえな」

やっぱり、そうなのか。やっぱり美月は、戻りたいのか。あんなことを経験した世界だから、嫌気が差しているのかとも思ったけど、そうだよね。戻りたいんだよね。

「これがラストチャンスだと思ってる。芸能界って、一度脱落した人に冷たいの。這い上がるチャンスすらくれないの。でも、あたしはもらえた。だから、余計なことをしてる時間なんてない」

さっきの杏もそうだったけど、美月もしっかりと将来を見据えている。そのうえで、今自分が何をすべきかを考え、地に足をつけて努力している。それに比べて、私はどうだろう。

ふと、頬を何かが撫でた。風に乗って運ばれてきた桜の花びらだ。もう少ししたら、この景色から桃色がなくなるだろう。季節の移り変わりは早いから。

煮え切らない感情が、胸の中で渦を巻いている。六法全書を、思いっきり朗読したい気分だ。

「杏にも美月にも振られちゃったけど、どうする気よ？」

この天気なら、そろそろ空一面に夕焼けが広がり始めるかもしれない。

美月と別れ、私と海斗は自転車を押して歩きながら話をしていた。家の方向が同じだし、ここからなら歩いてもたいした距離じゃないから。

「コントは二人でもできるだろ」

海斗は、真っ直ぐ前方を見つめていた。

めげない男だ。ある意味、羨ましい。

「たしかに役者が二人いれば成立するけど、脚本はどうするのよ？」

「おまえが書けよ」

私は歩みを止めた。きっと私の表情は、このうえない呆れ顔になっていることだろう。なんなら、自転車を持ち上げて、前方を行く海斗に投げつけてやってもいいくらいだ。

「なんでそうなるのよ？　そこを私に振る？」

「杏が転校してくるまでは、おまえが書いてただろ」

たしかに書いてはいた。箸にも棒にもかからないようなのを。

中二の時、杏に出会って思い知らされた。どんな世界にも、天才がいるってことを。

演技では美月と海斗に敵わないし、脚本でも杏には絶対に敵わない。だから私は、努力で少しでも近づこうとしたんだ。そうだ、その努力を認めてくれて、私を部長にしてくれたのが峰子先生だった。私たちが創った演劇部、その顧問を快く引き受けてくれた峰子先生。私たちを全国優勝に導いてくれた峰子先生……。

　頭の中に、稲妻のような閃きが走った。

「指導者が必要なんじゃないかな？　正しい方向に導いてくれたり、間違いを正してくれる人が」

　かなり前を行く海斗に、努めて声を張って伝えた。

　中学の時は、顧問の先生に恵まれた。峰子先生は学生演劇の経験があって、そして何より、親身になって私たちに寄り添ってくれる先生だった。今は定年退職して、田舎暮らしをしていると風の便りに聞いたことがある。

「なるほど。強え部活には必ずすげえ顧問がいるしな」

　振り向いた海斗は感心したように、何度も頷いている。

　高校演劇でもそうだ。いわゆる顧問創作と言われる、脚本から演出までをすべて顧問がおこない、徹底的に顧問の指示どおりに仕上げてくる高校。全国大会の常連には、このタイプが多い。うちの演劇部は昔から脚本も演出も生徒がやる慣習だったみたいで、それは顧問が毎年代わるような、腰掛け程度しか居着かなかったかららしい。でもそのぶん、卒業生たちが自主的に指導に来てくれて、ブロック大会の常連、強豪の座を維持するまでになったと聞いている。そんな伝統も、あの一件でぶち壊しちゃったわけだけど。

押し寄せそうになる苦い痛みを、私は払いのけた。

それにしても、コントの指導者なんて、どうやって見つければいいのか。自分で思いついたことだけど、無策としか言いようがない。

「あの噂、本当だと思うか？　おまえも聞いたことあるだろ、柔道部の嘱託顧問」

珍しく海斗は、考えを巡らすように眉間に皺を寄せたりしている。

「プロレスラーみたいな人？　お昼過ぎまで家業のお弁当工場で働いて、夕方から柔道部の指導に来てるって聞いたことあるけど。柔道部のＯＢで、在学時はかなり強かったって。あっ！　野生の熊と戦って勝ったって噂？」

「ああいう風貌の格闘技経験者は、たいていそういう噂が立つんだよ。そうじゃなくて、元お笑い芸人だって噂」

そう言われてみれば、ずいぶん前に聞いた覚えがある。クラスの男子たちが、「誰か先生の前でボケてみろよ、プロのツッコミを見せてくれるぞ」とか、「一発ギャグやって感想聞いてこいよ」とか好き放題言っていた。でも結局、風貌が恐すぎて誰も実行しなかった。

「今から学校に戻れば、ちょうど部活終わるくらいだな。行ってみるか」

海斗は自転車にまたがり、ペダルを漕ぎだした。

振り回されてるよね、私。

でも、悪い気はしなかった。何か、新しいことが始まる予感ていうか、いや、逆か。もしかしたらまた、またあの頃みたいな充実感が味わえるんじゃないか。そんな期待をしてるのかもしれない。もちろん、簡単にはいかないだろうけど。


夕陽が赤味を増し、風にそよぐ草木も、目の前の柔剣道場も紅色に染まっている。この時期は、午後六時前に帰宅準備に入っている部活が多い。

「オレに話があるってのは、おまえたちか？　柔道部の部員以外と話す機会なんてないからな、珍しい客だな」

年季の入った柔道着姿で出てきたのは、強面の坊主頭、全身が筋肉の塊、これぞ格闘家という男。これは恐くて話しかけようと思わないわ。

とりあえずこちらの自己紹介をすると、竹村豪太だと名乗ってくれた。

「竹村先生てさあ、芸人やってたんすか？」

この男の物怖じしない性格は、果たして長所なのだろうか。まあでも、みんなが聞きたくても聞けなかったことをあっさり聞いちゃうんだから、今回は長所と認定してあげよう。

「話っていうのは、それだけか？　答えるつもりはない。帰れ」

感情を感じさせない表情でそう言った竹村先生は、私たちに背を向けた。

「ちょっと待ってくれよ。俺たちは――」

「何度も言わせるな。帰れ！」

血走った目を向け、竹村先生が大音声で吠えた。

気圧（けお）された私たちは、立ち尽くすことしかできなかった。


学校の裏手にあるコンビニは駐車場が無意味に広くて、うちの学校の生徒たちの溜まり場になっていたりする。現に今も、部活帰りの生徒たちが肉まんやペットボトルを片手に、他愛もない話に花を咲かせている。

辺りはすっかり暗くなり、日中の穏やかさを忘れさせるほどの冷たい風が肌を刺す。

海斗はレッドブル、私は温かいお茶のペットボトルを持って、駐車場の隅を陣取っていた。心を落ち着かせるには、温かいお茶が一番だ。

「まったくよお、あんなに怒らなくてもいいだろ」

海斗は、不満げに顔を歪めた。並べて止めた自転車に寄りかかるようにして、私たちは顔を見合わせていた。

お茶を飲んでも、胸を刺す痛みが消えてくれない。心を乱す何かが、蠢（うごめ）いている。

「竹村先生には、きちんと謝らないと」

触れられたくない過去を持った人はいる。あの反応は、間違いなくそうだ。杏と美月が、まさにそうではないか。身近にいるからこそわからなきゃならないはずなのに、何をしてるんだ私たちは。

竹村先生にとって芸人さんだった過去は、掘り起こしてほしくない過去なんだ。なぜ、その可能性に気づかなかったのか。浅はかな自分自身が嫌になる。

ぬるくなったお茶を一気に飲み干し、ペットボトルをゴミ箱に捨てて、私は勢いよく自転車にまたがった。

「まさか、今から謝りに行くなんて言わねえよな？　明日でいいだろ？」

海斗が慌て顔で、私を制してきた。

「今日起きたことは、今日解決したいの。こんな気持ちのまま眠れない」

「おまえらしいっちゃおまえらしいけど、先生もう学校にいないだろ？」

そんなことを言いつつも、レッドブルの空き缶を捨てに行き、海斗はマウンテンバイクに飛び乗った。私の性格をよくわかってくれている。

「家業の仕出し弁当工場って、たしか藤が丘だって聞いた覚えがあるの。まだぎりぎり訪ねても許される時間だと思うから」

藤が丘は、青葉台の隣駅だ。非常識な時間になる前に着ける。

「相変わらず、おまえの行動力はすげえなあ。藤が丘ならチャリで行けるけどよお、詳しい場所がわかんねえだろ？」

「そんなの、藤が丘に着いてからググればいいし、なんなら人に聞いてもいいから」

今私がしなければいけないこと、それがはっきり見えたなら、もう進むだけだ。

海斗は鼻を鳴らして笑ってから、マウンテンバイクを走らせた。ちょっと待ってよ。そんなに本気で走られたら、私のママチャリ追いつけないから。

一階、二階に二部屋ずつの、小さな木造アパート。暗くて外壁の色がはっきりしないけど、築年数もかなりのものかもしれない。私たちは一〇二号室の扉前に立っていた。

藤が丘駅に着いた時点で、一度ググってみた。周辺に同じような工場はなく、竹村先生の仕出し弁当工場はすぐに見つかった。工場に行くと女性の職員さんがちょうど帰宅するところで、事務所に案内してもらった。そこで竹村先生のお父さんだというこれまた大柄な社長さんに事情を説明すると、このアパートの住所を教えてくれたのだ。生徒が訪ねてくるのが嬉しかったみたいだけど、個人情報管理的にはどうなんだろうって思ったりもした。

「何しに来た、こんなところまで」

インターフォンを押して私の名前を告げると、すぐさま扉が開いて、竹村先生の厳つい顔が現れた。さっきの柔道着姿とは打って変わって、黒のジャージ姿だ。

「どうしても先生に謝りたかったので」

海斗と二人で話し合い、謝りに行くことになった経緯を説明した。話している間、部屋の奥からずっとカレーの匂いがしていて、やっぱりちょっと迷惑だったかなとも思った。

「先生ん家の晩飯、カレーだろ?」

口に出して言っちゃう海斗は、もう救いようがないから放っておく。

「先生、すみませんでした。先生の過去に、土足で踏み込むようなことをして」

私は深々と頭を下げた。ちらりと横を見やると、一応海斗もそうしていた。

「そんなの明日でもいいだろ。筋を通しに来たのは認めるが、話すことはない。帰れ」

頭を上げると、竹村先生の表情は硬いままだった。

「なになに、そんなところで話してないで上がってもらいなよ」

部屋の奥から軽快な声が届くと、奥さんらしき女性がやってきた。

「生徒ちゃんが来るなんて初めてじゃん」

興味深そうにするこの女性は、女子相撲の選手を思わせる体つきで、後ろで一つに束ねた髪を揺らしながら、私たちに上がるよう促してきた。竹村先生が何も言わないところを見ると、力関係はこの女性のほうが上なのかもしれない。

　私がどうしようか迷っていると、「お邪魔しまっす」と海斗が当たり前のように上がり込んじゃうものだから、仕方なくそれに続いた。

　間取りは1LDKかな。玄関を上がるとすぐ八畳ほどのリビングルームになってて、その北側の奥に襖（ふすま）のような扉が見えるから、寝室は和室なのかもしれない。リビングの東側にキッチンと小さめのダイニングルームという造りだ。

　綺麗に掃除されたツヤのあるフローリングの床、その中央に木製のテーブルとL字型のソファ、シンプルで居心地は良さそうな空間だ。海斗が遠慮の欠片も見せずにソファの中央に腰を下ろすものだから、私は軽く会釈してからその隣に座った。

　リビングの奥の襖側の角には大きな液晶テレビが置かれていて、その真ん前に座布団が敷かれていた。テレビゲームでもするのだろうか。

「こっちのイケメンが海斗で、こっちのお団子頭ちゃんが風里でいいのね？　ウチは竹村フサエでこの人の嫁。フサちゃんて言われることが多いかな。歳はピッチピチの三十五歳。よろしくね」

　私たちが氏名を名乗ると、奥さん改め、フサエさんは自身の紹介をしながら麦茶を出してくれた。あまりに気さくに話しかけてきて、自然な感じでここへ来た目的を聞いてくれるものだから、私たちは遠慮なくすべてを話すことができた。私が演劇部に所属していることや、中学時代に全国優勝した栄光の過去も含めて、何もかも。

「へえ、すごいじゃん。演劇のエリートちゃんたちってわけね。で、本題のほうはというと、この人は何も答えてくれなかったってわけか。じゃあ代わりに、ウチが話してあげようかな」

「おい、余計なことを——」

「別にいいじゃん、ウチが好きで話すんだから。聞きたくなかったら、そっちの角でテレビでも見てなさいよ」

寝室側のテレビを指差すフサエさんにピシャリとやられて、竹村先生は押し黙った。やっぱり、夫婦のパワーバランスは、私の見立てどおりのようだ。

「ウチの旦那が芸人やってたのは本当よ。正確には〝売れない芸人〟をやってたってのが正しいわね」

L字のソファの角に腰を下ろし、私たちとは斜めに向かい合いながら話し始めたフサエさんとは対照的に、部屋の隅っこに押しやられた竹村先生は聞いてるんだか聞いてないんだかって感じで、テレビの画面を見つめている。

「〝メガトンキッス〟っていう男女コンビよ。聞いたことないでしょ？　ちなみに相方は、ウチよ」

フサエさんは胸を張るようにして、親指で自身を指している。

そうか、二人でコンビを組んでたのか。

フサエさんは続けて、コンビを組むに至った経緯というか、学生時代の話も聞かせてくれた。

「この人がそれなりの柔道選手だったのは知ってるのかな？　でも高校時代に負った怪我の影響もあってね、選手の道は早々に断念して、指導者の道を目指して大学に入ったらしいんだけど、友達に強引に誘われて覗いてみたお笑いサークルにどっぷりハマって、そこでコンビを組んだ同級生の美女と一緒に児玉芸能の養成所に入ったってわけ。ねえ、そうよね？」

同意を求められた竹村先生はテレビに顔を向けたまま、「一箇所だけ違う」と低い声で言っていたけど、フサエさんは気にする様子も見せずに続けてくれた。

「プロになってからは、ぼちぼちってところかしらね。事務所の同期の中では一番二番を争うくらいのところまではいったし、事務所ライブだけじゃなくて単独ライブもやらせてもらったけど、ご飯を食べていけるところまではいけなかったのね。お互いが三十歳の時、引退して結婚。ＭＪ１グランプリでの最高成績は準々決勝。さあ、聞きたいことは聞けたかな？」

ＭＪ１グランプリが漫才の日本一を決める大会だということは、今やお笑いファンじゃなくても知っていることだろう。年末の一大行事として、すっかり定着した感さえある。

「エンペラーオブコントの成績は？」

ここからが本題とばかりに、身を乗り出した海斗の目が輝くのがわかった。

「漫才一本でやってたから、エンペラーオブコントには出たことないわね」

芸人さんがみんなコントをしているわけじゃないし、これはあり得る答えなんだけど、海斗はかなり残念そうにしていた。

「俺たち、エンペラーオブコントに出ようと思ってるんだ」

それでも言わなきゃ始まらないからか、海斗は語気を強めて言った。

一瞬だけ、竹村先生が視線をこちらに投げたのを、私は見逃さなかった。

「あらあら、いいじゃゃん。きっと、いい思い出作りになるわよ。じゃあ目標は、一回戦突破ね？」

「優勝に決まってるだろ」

意気揚揚と語る海斗とは対照的に、フサエさんは惚(ほう)けたような表情を見せ、直後に声を上げて笑いだした。

「何がおもしれえんだよ！」

海斗は憤慨したように言った。馬鹿にされたと思ったのだろう。

「ひょっとして、冗談じゃないわけ？」

「冗談のわけねえだろ。俺たちは優勝するために――」

「ふざけるな！」

ここまで沈黙を保っていた竹村先生が、迫力満点の怒声を発した。

「黙って聞いてりゃいい気になりやがって。この場で投げ飛ばすぞ！」

あまりの剣幕に、私の心臓が大きく跳ね上がった。海斗も気圧されたらしく、口を半開きにしてポカンとしている。

「ＭＪ１やエンペラーオブコントみたいなメジャー賞レースはな、エントリー料さえ払えば誰でも参加できる。だから、参加すること自体にどうこう言うつもりはない。だがな、素人がいきなり、そんな馬鹿げた目標を立てていいものじゃない。なぜならそれは、人生を賭けて出場してる芸人たちに失礼だからだ」

怒声じゃなくて、今度は諭すような口調だった。竹村先生は、力のある眼差しで続けた。

「芸人は一年かけて、賞レースのネタを完成させる。微調整を繰り返して、何度も何度もライブにかけて。それでも、二回戦、三回戦の壁を越えられずにもがき苦しんでいる。夏から秋にかけて、解散や引退する芸人が増えるのはなぜだと思う？　メジャー賞レースの予選が、この時期に集中するからだ。今年何回戦まで行けなかったら、今年結果が出なかったら、そういう覚悟で賞レースに出てるんだ」

「言いたいことはわかるけどよお、それって結局、才能がないからいつまで経っても売れないんじゃねえのかよ」

反論する海斗の態度には、ふてぶてしさが見てとれた。

また始まった。余計なことを……。今ここで言うことじゃないでしょ。

胸が苦しくなって、目眩がしそうになる。この男は、なぜ成長しないのだろう。これでは、あの時と一緒じゃないか。

「舐めたことを言うな。〝売れない芸人〟イコール〝実力がない芸人〟ではない。そんなこともわからない奴が、賞レースで優勝なんて口にするな」

竹村先生の吊り上げた目には、紛れもなく怒りが見てとれた。

「オレ自身は引退したとはいえ、苦労をともにした仲間たちがまだ現役でやってたりする。そいつらも出る賞レースだ。舐めたこと言うガキの顔なんて見たくもない。とっとと帰りやがれ」

追い出される形で竹村先生の家を出て、玄関前に止めていた自転車の鍵をガチャンと外した時、フサエさんが追いかけてくるのが見えた。

「ごめんね。嫌な思いさせちゃったわね」

「謝るのは私たちのほうです」

どう考えても、海斗の発言は無神経だ。竹村先生が怒るのも当然だ。

「ウチの旦那も、悪気があってあんな言い方したわけじゃないの。それだけはわかってあげて。昔、いろいろあったから」

外灯の明かりに照らされたフサエさんの顔に、陰りが見えた。

「いろいろってなんすか？」

だから、そこをほじくるな。なんでこの男は、そういうことがわからないのだろう。

「嫌な夢でも見てるのかな。ウチの旦那、今でも夜中にうなされてることがあるの。『あいつらをぶっ倒したい』って」

物騒な話だ。熊をやっつけた噂が立つような人が、いったい誰をぶっ倒したいというのだ。

「ウチが言えるのは、これくらいかな。あとは本人から聞いて」

「話してくれるわけねえだろ、あの感じじゃ」

海斗は、嫌気が差したように言った。

「それはあんたたち次第じゃない？　あんたたちが本気なら、またいつでも来て」

フサエさんは背を向け、巨体を揺らしながら玄関へと向かっていった。

3

四月十日、金曜日。

放課後、帰宅しようとママチャリを走らせて校門を出た。

海斗とは、のちほど会う約束をしている。今夜も、竹村先生のところに行く。私たちはそう決めた。

あんなに怒られたのに、いや、あんなに怒られたからこそだ。竹村先生との関係を、こんな形のまま終わらせたくはないから。

暖かい陽射しが降り注ぐ、穏やかな春の陽気とは対照的に、猛ダッシュする美月が私のママチャリの脇を駆け抜けていった。

冷静沈着な美月らしくない。こんなに慌てている彼女を見るのは初めてかも。それに、いつもの赤い折り畳み自転車はどうしたのだろう。

「ちょっと美月、どうしたの？」

私の呼びかけに反応して振り返った美月は、逼迫した表情を浮かべて駆け寄ってきた。

「タクシー！　タクシーに乗りたいの！」

声にも焦燥が表れている。いったい、何があったというのか。

「こんなところ、タクシー走ってないよ。坂を下りて、駅に近づかないと」

「じゃあ、早く向かって！」

美月は許可も得ずに、私のママチャリの荷台にまたがった。

「二人乗りはだめだよ」

「そんなこと言ってる場合じゃないの！　おばあちゃんが倒れたの！」

心臓を蹴り上げられたかのような衝撃を覚えた。同時に、美月の取り乱しように納得がいった。

美月は過去にいろいろあったから、今はおじいちゃん、おばあちゃんの家で暮らしている。そのおばあちゃんが倒れたとあっては、わけがわからなくなるくらいに慌てるのも無理はない。

「飛ばすよ。落ちないでね」

たいしてスピードなんて出ないママチャリだけど、駅まではほぼ下り坂だけで行けちゃうから、足を使って走るよりかは遥かに速い。駅に近づくに連れ、風景が一変する。道がどんどん広くなって、人通りが増していく。

「あのタクシー!」

後ろから、美月が大声を張り上げる。腹式ではない、喉から出した割れた声。やっぱり、いつもの美月ではない。

美容室の前でお客さんを降ろしているタクシーの横にママチャリをつけ、美月が飛び降りて、運転手さんに乗車する旨を伝えている。

「風里、タクシー代貸して! いや、あんたも一緒に来て!」

えっ? 私も?

戸惑う暇すら与えられず、半ば強引にタクシーの後部座席に押し込まれた。自転車は美容室の駐輪スペースに止めさせてもらった。無断だけど。

タクシーが走りだすと、ここからは自力ではどうにもならないこともあってか、美月は少しだけ落ち着きを取り戻し、経緯を話してくれた。

おばあちゃんは自宅で、胸を押さえて苦しみだし、立ち上がれなくなったらしい。おじいちゃんがいる場だったので、救急車を呼んで病院に搬送され、そのあとに美月に連絡が入ったとのことだ。

長津田総合病院は、駅で言うと青葉台から二駅、国道二四六号線沿いにある。国道がすいていたので十数分で着いたし、タクシー代も私の少ない持ち合わせで足りるくらいだったから助かった。

広々としたエントランスを抜けて、職員さんが何人も並んでいる総合受付に向かうと、病室を案内された。美月のおばあちゃんの容態はすでに安定していて、念のための検査を含めても、一日の入院で家に帰れるとのことだった。

「おおごとにならなくてよかったね」

美月が一段落したところで、私たちは病院の中庭に出ることにした。遊歩道に花壇、その脇にベンチもある落ち着きのある空間だ。入院患者さんたちの散歩コースみたいだけど、肌寒くなってきたからか、今は私たち以外に誰も歩いていない。

「そうだけど、またいつ起きるか」

美月は冴えない表情でうつむいた。おばあちゃんはもともと、不整脈を持っていて、薬の服用で抑えてきたんだけど、最近はその薬が効きにくくなってきたらしい。根本的な解決を図るには、カテーテル手術っていうのが必要とのことだ。

「手術すれば完治するんでしょ?」

私の問いかけに、美月は無言で足を止め、天を仰いだ。

午後四時を過ぎ、西の空に傾き始めた陽光が、木々の枝葉をすり抜けるように降り注いでくる。気候は穏やかだけど、この沈黙がやけに重苦しい。

「あたしん家、経済的にかなり厳しいんだよね。今期のあたしの学費もまだ払えてないくらいだし」

唐突に語りだした美月の顔が、淋しげな微笑から怨念のこもった形相に変わっていく。

「今さらだけど、母親を恨むよ。あいつのせいで、あたしも家族も滅茶苦茶だよ」

「お父さんはまだ見つからないの？」

たまらず私は、話の方向を少しだけずらした。

「単なる蒸発だからね。事件性がないと警察はまともに捜さないらしいし、期待してない」

溜息まじりの、投げやりな言い方だった。諦めが見てとれる。

「芸能界に戻ったのって、お金のため？」

「それもあるけど、シンプルにもう一度芸能界で活躍したいっていうのが一番かな。たとえ弱小でも事務所に入ってさえいれば、一般人が受けられないオーディションも受けられるし、小さな役ならダイレクトにオファーが来たりもするし。事務所を飛び出したら、そういうチャンスももらえないってことを、あたしは身をもって学んだから」

美月は虚空を睨みつけるようにして続けた。

「そしてチャンスさえ掴めば、お金はあとからついてくる。そういう世界だから」

美月の口調に力が籠る。その迫力に押されそうになる。

「風里はなんで、あのアホカメレオンの誘いに乗ったの？」

まだ乗ったわけじゃないんだけど、答えは、私の中で解決しつつある。

「また一緒にできるかなって。私にとっては、四人で演劇をやってた中学時代が一番キラキラしてて、人生のピークって言ってもいいくらいなんだよね。もちろん美月や杏には事情があって、そんな簡単なことじゃないのはわかってるんだけど、正直ちょっと夢見ちゃってるんだと思う」

「あんた単純だね」

美月が笑ってくれたから、私も笑うことにした。

いまだに本当にやるのかって思いもあるけど、やって損はない、賭ける価値のあるものって気もしてきている。

美月も一緒にやらない？　とは言えなかった。今はおばあちゃんのことでいっぱいいっぱいだろうし、安易に誘っていいことじゃないのはわかる。

中学の時なら、簡単に誘えたんだろうな。これって、大人になったってことなのかな。

4

四月十一日、土曜日。

「一昨日(おととい)、昨日に続いて今日もか？　学校が休みの日にまで押しかけてくるとはな。帰れ」

私と海斗の姿を認めるなり、竹村先生は渋面を作って言った。日中に柔道部の練習があるのはわかっていたから、日が暮れるのを待って午後六時半過ぎの来訪だ。

昨日、美月との一件のあと、海斗と合流してここに来たんだけど、門前払いだった。ちょうどフサエさんが不在だったらしいタイミングで来ちゃったのが痛かった。一昨日のフサエさんの言葉を聞く限り、彼女はどうやら私たちの味方のような気がするし。

とにもかくにも、竹村先生との関係があのままっていうわけにはいかないと思っていたから、今日も行くという海斗を止めはしなかったし、むしろ私も行きたかった。

「二人とも入って、入って。ウチのお客さんなんだから、文句ないでしょ」

やっぱり、フサエさんは私たちの来訪を喜んでくれているみたいだ。まあそこは、竹村先生との温度差があって、なんとも微妙なところなんだけど。

「昨日も来てくれたんだってね？　ウチはちょっと用があって、実家に行ってたんだよね。ごめん、ごめん」

海斗がソファの中央に、私がその隣に腰を下ろすと、今日もフサエさんが麦茶を出してくれて、でも竹村先生は無視するように襖のほうの角で、座布団に座ってテレビを見ていた。なんとも言えないおかしな空気が、この空間に蔓延（はびこ）っている。

「海斗は私服もイケてるじゃん。風里は休みの日でもお団子頭なんだね」

フサエさんが私たちを交互に見て、笑みを浮かべて頷いていた。

黒のスキニーパンツと白い薄手のニットセーターというカジュアルなスタイルの海斗は、ビジュアルがいいから何を着ても似合う。それに比べて私はデニムスカートとベージュのブラウスという自分でも垢抜けないなって思っちゃう出で立ちで、フサエさんが服ではなくお団子頭を指摘するのももっともだと思う。

「それで、どっちがボケでどっちがツッコミなの？　それとも、そういう概念のないコントをやろうとしてるとか？」

フサエさんがL字型のソファの角に腰を下ろし、私たちと斜めに向かい合った。

いやいやいや、竹村先生がこんな感じなのに、そんな具体的な話をしちゃうの？

焦りにも似た感情が押し寄せ、私はたじろいだ。

「何も決まってねえから、まずは指導者を探そうって話になったんすよ」

あんたも遠慮はなしかいっ！

軽く肩をそびやかして言う海斗を見て、ある意味感心した。それに、彼とフサエさんは馬が合いそうだ。

「それでウチの旦那？　ウケるんだけど。絶対教えるの上手くないし」

「嘱託顧問をやってる学校の生徒に、余計なこと言わないでくれ」

こちらに顔を向けようとはしなかったけど、竹村先生が困っているのが見てとれる。強面の竹村先生のそんな姿を見ると、この人が悪い人でないのはよくわかる。それから、ディスられても怒らない先生を見て、本当は夫婦仲がすっごくいいってことも。

「だったら、教えてあげなさいよ。生徒がわざわざ来てくれたんだから、ちょっとくらい先生らしいことしてあげたら？」

「オレは柔道の指導者だ。それ以外を教えるつもりはない」

「はいはい、こんな頑固者は放っておいて、こっちはこっちで楽しくやろう」

フサエさんはテーブルの上にスマホを載せて、動画サイトを表示させた。

「ウチらと同じ事務所で同期だった〝ポイズンパイロット〟。駆け出しの頃はウチらと一番二番を争う間柄だったんだけど、最終的には向こうの圧勝かな。テレビのネタ番組にも何度か出てるし。去年解散しちゃったけどね」

劇場でのライブか何かか。スマホの画面には、舞台上に立つ男性コンビが映しだされていた。

「漫才はやらない生粋のコント師だから、とりあえず見てみて」

たしかに、一時期ネタ番組で見たことのある二人だった。このファストフード店のネタは初見だけど。

「これがボケ、ツッコミのオーソドックスな正統派コントよ」

三分ほどのネタを見終えると、フサエさんがそう説明してくれた。

これって、竹村先生の代わりにフサエさんが指導をしてくれるってことなのかな？

「それじゃあ、ちょっとやってみようか」

え？　やってみる？

どきりと、私の心臓が跳ね上がった。

竹村先生が、鋭い眼光を向けてきたのもわかった。でもフサエさんは気にしている様子もなく、それにもう一人、もっと気にしていない奴がいた。

「おもしれえ。じゃあ、俺はボケたいから店員役な。風里はツッコミの客役だ」

海斗は立ち上がり、ウォーミングアップとばかりに首をクルクル回している。

え？　本当にやる感じなんだ。

「私はお客さんか。初見で演じるには、店員のほうが役作りしやすいよね」

「拒否られると思って言ったのに、あんたたちノリいいじゃん。隣の一〇一号室、今は空き部屋だから声張っていいからね。じゃあ、もう一回再生する？」

「大丈夫っす。三分程度の台詞なら一度で入るし。完璧ってわけにはいかねえけど」

海斗が玄関寄りのスペースに移動したので、私もついていった。

「いらっしゃいませー」

海斗がいきなり始めた。でもちゃんと、店員の表情をしている。店員の仕草をしている。私服を着ているのに、ファストフード店の制服が見える。役が憑依した海斗は、絶対に妥協しない。だから私も、どんな場所でも演技には真摯になれる。それに、久し振りに海斗と演技をぶつけ合えるのは単純に嬉しい。

でも、何かが変だった。


「うーん、なんかしっくりこねえなあ」

やり終えた感想は、私も海斗とまったく同じだ。演劇だったら、しっくりこない理由がそれなりにわかるはずなんだけど、今は見当もつかない。これが演劇とコントの違いなのだろうか。

「一度見ただけで、台詞をほぼ完璧に覚えちゃうところはさすがじゃん。演劇で全国優勝した経歴は伊達じゃないわね。それに、何かが違うってことには二人とも気づいてるみたいだし、なかなか見込みあるじゃん」

いくら台詞をコピーしても、本家とは全然違った。私たちのコントは、おもしろくない。おもしろみが半減してしまっている。

「少しくらい指導してあげたら？　ずっと横目でチラチラ見てたくせに」

フサエさんが、結構きつめの口調で竹村先生に言った。もしかしたら、これってフサエさんの作戦だったのかな、なんて思ったりもした。とにかく今は、竹村先生の回答が聞きたい。

「……上手すぎる」

相変わらずこちらを見ようとはしないし、ぼそっと呟くような言い方だったけど、それでも竹村先生は応えてくれた。

「ウチも同意見かな」

竹村先生の返答に満足するように、フサエさんが追随した。

まったくもって意味はわからなかった。

時刻が午後八時半を過ぎていたので、今日はもう遅いからってことで、私たちは竹村先生宅をあとにした。

「あれって、褒められたんだよな？」

帰り道、海斗がそんなことを言ってきた。少し満足そうにしちゃってるし、それが腹立たしくてしょうがない。

「だから美月から、アホカメレオンなんて言われちゃうんだよ。あれは、欠点を指摘してくれたんだよ」

その欠点がなんなのかは、今のところわからないけど。でもめちゃくちゃ大事なことだってのはわかる。たぶんそれが、演劇とコントの決定的な違いだと思うから。

「もう少し稽古してみない？」

このまま帰っても眠れそうにないから、そんな誘いをかけてみた。

「悪くねえな。公園にでも寄ってくか。そんでもってまた明日――」

「もちろん、行くわよ」

なんだかちょっとだけ、本気で演劇に取り組んでいた頃を思いだしたみたいで、熱い思いが込み上げてきた。

「お母さんにＬＩＮＥ入れておかないと。海斗はいいの？」

もう少し遅くなる旨のメッセージをスマホに打ち込みながら、海斗に聞いた。

「俺は大丈夫だ。母親はまだ働いてる時間だしな」

海斗の顔が、何かを噛みしめるような表情に変わっていた。

5

四月十二日、日曜日。

「おまえたちは、オレのストーカーか何かか？」

怖い顔で玄関の扉を開けるなり、いつでもジャージの竹村先生が苦言を呈してきた。無視せず、こんな返しをしてくれるようになっただけでも進展と考えたい。

「ほら、早く入りなよ。この人もそうは言ってるけど、あんたたちが来るの予想してたんだから。一時間くらい前からそわそわして、落ち着かない感じだったのは誰かしらね」

フサエさんに促されて、私たちは先生宅に上がり込んだ。竹村先生は顔を背けていたけど、怒っているという感じではない。これもまた、進展なのかも。

「あんたたち、なかなかの根性してるじゃん。ウチは好きだよ」

「何が根性だ。毎日、日が暮れてから人ん家に押しかけてきやがって、ただの非常識だろ」

その声に怒気は感じなくて、竹村先生の様子を窺うと、呆れているのが見てとれた。今日は柔道部の練習がないのはわかってたんだけど、日中は午後から海斗と合流して、演劇部の部室を使って稽古してきた。それがかなり熱い稽古になったことで、また辺りが暗くなってから押しかける形になってしまった。休日でも制服じゃないと学校には入れないから、今日は私服ではない。

「遊びに来たわけじゃないんでしょ？　さあ、〝ネタ見せ〟といきましょうか」

さすがフサエさん、話が早い。よく芸人さんは頭の回転が速いなんて言われているけど、この人を見ていると実感が湧く。

昨日と同じく、私と海斗は玄関寄りのスペースに立った。真逆の襖側の角で竹村先生はテレビを見ていて、ソファの角にフサエさんがドカッと腰を下ろしている。

「いらっしゃいませー」

また海斗がいきなり始めた。彼としては役が降りてきた瞬間に始めたいんだろうけど、こっちにも〝作る〟時間をちょうだいよ。

それでも、私たちは私たちなりに改良して、昨日のコントを仕上げてきた。

「あんたたち、やるじゃん。テンポと間が俄然よくなってるよ」

フサエさんが目を丸くして、しかも嬉しそうに言ってくれた。

そう、まさにそこだ。海斗と一緒に稽古を重ね、一本終えるたびに話し合った。本家の動画も何度も見た。最初は海斗がいろいろ指摘してきて、「ボケる時はもっと大きな演技にしてみるか」とか「声量でもっとメリハリをつけてみようぜ」とか、でも私はそんな細かい技術的なことじゃなくて、もっと大きな何かが違う気がしていた。

結果、演劇とはテンポや間の作り方が根本的に違うんじゃないかってことに気づいた。でもこれはあくまでも感覚的なもので、ここではこういうテンポでやりなさい、ここではこれくらいの間をとりなさいって答えはなくて、直感で会得するしかなかった。

「ほら、生徒が努力してきたんだから、何かあるでしょ？」

矛先を向けられた竹村先生は、眉間に皺を寄せ、仕方なくといった感じで、言葉を発してくれた。座布団の上に座り、テレビのほうに顔を向けていたけど、チラチラと横目で私たちの演技を見てくれていたのはちゃんと気づいていましたから。

「本家と比べたら、まだ六十点だ」

厳しい。でも、それはわかってる。昨日、竹村先生から言われた「上手すぎる」の答えも見つかってないし、まだまだだっていうのは、私自身が一番わかってるから。

でも、竹村先生がこうして見てくれて、一言程度ではあるけど評価をくれて、それがすごく嬉しい。

「まったく、厳しい師匠だね」

「誰が師匠だ。まあしかし……、一日でよく改良したな」

耳を疑った。竹村先生が、褒めてくれた？　これは褒めてくれたんだよね？

「あたりめえだろ。俺たちにかかれば、これくらい余裕だぜ」

海斗の言葉には何も返さず、竹村先生は再びテレビのほうに顔を向けた。

この大バカヤロー！

何はともあれ、私たちはフサエさんと連絡先を交換して帰宅の途についた。竹村先生との関係に、少しばかりの進展を感じながら。

6

四月十三日、月曜日。

昨日の夜遅く、美月からＬＩＮＥで連絡があった。予定どおり、おばあちゃんは土曜日に検査を終えて、無事に退院できたらしい。ちょうど土日だったから、美月がついていてあげられて、日常生活に支障がないことも確認できたから、普通に登校するとのことだ。

放課後、私は海斗と部室にいた。

「エチュードでもやってみねえか？」

設定だけ決めて、アドリブでお芝居をするのが本来のエチュード。でも今はコントを作るのが前提だし、配役までしっかりと決めてやったほうがいい気がした。

「設定は風里が決めてくれ」

言い出しっぺのくせにそれすら決めないのかって思うと同時に、よく考えたら、中学の時からこういうのを仕切るのは私の役目だったなって、懐かしさみたいなのも感じた。

「いきなり現実離れした設定だと演じにくいから、リアルに近い感じで、進路に悩む受験生と教師の会話劇なんてどうかな？」

「じゃあ、俺は落ちこぼれヤンキーだな。風里は生徒思いの先生だ」

私は、スマホのストップウォッチアプリを起動させた。とりあえず、五分でいいだろう。

「こんなとこに呼び出してなんの用だよ、生徒に愛の告白でもする気か？」

私の立ち位置に歩み寄ってくる海斗の中には、確実に役が舞い降りていた。この気だるそうな感じは素に近い気もするけど。

「岡崎くん、なんで授業を妨害するの？　仮にあなたは興味がない授業だったとしても、真剣に聞いているほかの人たちに迷惑をかけるのはよくないわ」

スタートはこんな感じでいいだろう。こっちの質問で、生徒のパーソナルな部分を引き出していく感じで。

「うるせえな。俺はもう進学なんてできねえし、卒業したらバイトでもしながら食い繋ぐような人生しか待ってねえんだよ。残りの学生生活くらい好きにさせろや」

私の正面で足を止めた海斗が、睨みつけるように鋭い眼光を放つ。

自暴自棄になっているようで、でも実は将来の心配をしているからこそのジレンマ。そういったものが、海斗の演技からきちんと伝わってくる。

「甘えないで！　だからって、ほかの生徒たちの邪魔をしていいことにはならないわ」

私もしっかりと彼を正視して、台詞には感情を乗せてみた。さあ、そろそろ展開させていかなければならない。海斗はどうする気だろう。

「じゃあ、聞いてみろよ。あんたの授業を本気で聞きてえ奴なんていねえから」

あくまで反抗でくるか。私の対応で展開させなきゃいけないってことね。

「私は聞きたいわ。先生の授業、おもしろくてわかりやすいから」

突然の乱入者。部室の扉を開けて、美月が入ってきた。私も海斗も一瞬、びくっと体を震わせた。

「はあ？　こいつの授業のどこがおもしれえんだよ」

やめるつもりはないらしい。海斗が美月に近づき、絡み出した。二人がその気なら、私も最後までやるまでだ。

「岡崎くん、なんでも自分中心に考えるのはよくないわ。あなたはつまらなくても、新倉さんのようにおもしろいって言ってくれる人がいるんだから」

「だから俺は、こいつの授業のどこがおもしれえのかって聞いてるんだよ」

海斗が勢いを増して、美月に詰め寄る。

「宮内先生の説明、よく間違えることあるし。先生のくせにそんなとこ間違っちゃうんだとか。黒板に書いた文字は誤字脱字だらけだし。それを発見するのもおもしろいから」

海斗が加勢を得たとばかりに笑いだす。

「新倉さん、そんなふうに思ってたの？　誤字脱字……、自覚ないんだけど」

「先生、ツイッターやってる？　ハッシュタグ『新倉先生の誤字脱字』で検索かけてみるといいかも」

なんかおかしな方向に展開しちゃったけど、こんな感じで先生VS生徒二人の構図で進んでいき、物語が停滞し始めたところで終了の電子音が鳴った。

「おい美月、いきなり入ってくんなよ」

そうは言っているけど、海斗は嬉しそうに顔を上気させちゃっている。

「おもしろそうなことしてたから、参加させてもらったわ」

「そりゃ光栄だぜ。芸能事務所に所属する女優様と共演できたんだから」

「嫌味言わないでよ。今のところ、その他大勢のエキストラがやっとなのに」

私の隣に立つ美月の顔に、影が落ちた。現状に満足していないのは明らかで、でもその表情には、必ずここから這い上がってやるという野心のようなものが見てとれる。

「今はその他大勢でも、いずれエンドロールの一番最初に名前が出てくる女優になれるよ、美月なら」

お世辞や建前で言ったわけじゃない。美月の実力を知っているからこそ、本気でそう思っている。

「もちろん、そのつもりよ。チャンスさえあれば……」

美月が、複雑な表情を浮かべる。現状では、そのチャンスを得ること自体が、最大の難関だと考えているのだろう。

「それならそのチャンス、自分の力で取りにいけばいいんじゃないかな？　いつ来るかわからないチャンスを待ってるだけなんて、美月にはもったいないよ」

たまらず、口を挟んでいた。美月なら、それができると思ったから。

「風里の言うとおりだ。エンペラーオブコントは誰だって出場できる。決勝はゴールデンタイムに地上波で生放送だ。そのへんの連ドラより視聴率もいい。最高の舞台だと思わねえか？」

海斗が、私と美月の正面に詰め寄ってきた。だから、近いんだってば。

美月は何かを考えるように天を仰いでから、光の宿った目を見せた。

「本気で決勝まで行くつもりなの？」

「じゃなきゃ、おまえを誘ったりしねえよ、なあ風里」

海斗の口調に力が籠る。

「天才女優、新倉美月の演技を見せる場としては、申し分ない舞台だと思うよ」

ステージの中心で、一番明るいスポットライトを浴びて、観る人すべてを魅了する、それが美月だから。生まれながらの主演女優、新倉美月だから。

「賞金の一千万は、四等分で間違いないわね？」

女の私でもうっとりしちゃうような綺麗な笑顔。でも、その瞳の奥には力強い決心が見える。

「言い出しっぺの俺が多くもらいたいとこだけど、賞金は四等分だ」

なんか、すごいことになってきたのかな、これって。

諦めかけていた夢が、また少し形になってきたのかもしれない。

自分の胸の奥で、経験したことのないような脈動を感じていた。

おばあちゃんが退院したばかりで家の用事がいろいろあるらしく、美月はそのまま帰宅した。彼女の参加で胸が躍る勢いそのままに、私と海斗は図書室に向かった。そろそろ図書室が閉められちゃう時間なんだけど、杏はまだ机に向かって問題集を広げていた。

「わたくしはご遠慮いたします。それから、わたくしのツインテールは持ち物ではありません」

自習スペースの一角で、杏の背後に立ってツインテールを両手で持ち上げる海斗。相手にしてられないとばかりに、食べかけの〝きのこの山〟を片付けて、帰り支度を始める杏。そんな二人を、私はすぐ隣に立って見つめていた。

「なんでだよ、美月がやるならやるって言っただろ？」

「考えるとは言いましたけど、やるとは言っていません」

正直、私も気を削がれた。美月が加わった勢いで、そのまま杏も、なんて考えていた。でも、そんな簡単な話じゃないことを改めて思い知らされた。杏が片付けている赤本を見て、そう思わされた。

「おい杏！　何が不満なんだよ、やらねえ理由をちゃんと話せよ！」

海斗の剣幕に、周りの生徒たちが抗議の視線を寄せてくる。杏は我関せずって感じだけど。

「海斗、図書室なんだから」

小声で私に制されても、海斗はまだ感情の高ぶりを抑えられないのか、髪を掻き毟るような仕草を見せていた。

杏は立ち上がり、帰ろうとしている。

「わたくしは受験勉強がしたいだけです」

「海斗、ちょっと杏と二人で話がしたいから、外で待ってて」

予期せぬことだったのか、海斗は一瞬面食らったような顔を見せたあと、一つ頷いてこの場をあとにした。

私の力で説得しようとか、そういうことじゃなくて、たとえ参加するのは難しくても、なんらかの形で力を貸してもらえないか、そんな思いがあった。

杏も話には応じてくれるようで、再び腰を下ろしてくれた。私も隣の席に座ると、杏が〝きのこの山〟をカバンから出した。だから、図書室は飲食禁止だってば。

「美月もやってくれることになったし、できれば杏も一緒にまた四人でできたらなっていうのが私の本心。それが私の夢でもあるし、今回海斗の誘いに乗ったのも、そんな淡い期待があったから。でも、無理強いするつもりはない。私たちはもう中学生じゃないし、本気で将来を考えなきゃいけない時期にきてるわけだし」

「何が言いたいのでしょうか？」

そうだね、趣旨がはっきりしない感じになっちゃったね。

「せめて、アドバイスをもらえないかな？」

本題に入ったつもりなんだけど、杏は首を傾げて〝きのこの山〟を摘んでいた。誰かに迷惑かけてるわけじゃないし、食べたきゃ食べなさい。

「杏が書いてくれないと、私が書くことになりそうなの、脚本」

「そういうことですか。設定や配役は決まっているのですか？」

意外にも、ここは抵抗なく乗っかってくれた。

「さっき、エチュードをやってみたんだけど、私的には結構ハマってた気がするの。それをベースにすると、私が教師で二人が生徒ってことになるんだけど」

「いいと思います。物語の展開次第にはなりますけど、皆さんの個性を生かせる配役だと思います」

私は胸を撫で下ろした。杏が同意してくれると、これが正解だって気になる。

「エチュードでは海斗がヤンキーで、美月が真面目な生徒だったんだけど」

「それですと、海斗さんが美月さんより前に出るといいますか、目立つ形になりますよね？」

「まあ、そういうことになるかな」

「わたくしは、主演肌の美月さんの華を引き立たせる配役を考えたほうがよろしいかと思います。この場合、たとえばですけど、美月さんがギャルで問題児の生徒、海斗さんが生徒会長で優等生ということになります」

「なるほど、そのほうがおもしろいかも。ひょっとして杏、お笑いも好きだったりする？」

なんとなく、そんな気がした。ちょっと意外ではあったけど。

杏といえば脚本、それもドラマや映画が書きたいんだろうって勝手に思っていたから、当然普段もそういう作品ばかり見ているのかと。そんな杏がコントや漫才を見て爆笑している姿なんて、絶対想像できない。

「見るのは好きですよ。でもついついネタの構成を分析して見てしまうので、純粋に楽しんではいないのかもしれません」

分析か。私はお笑いを、そんなふうに見たことはなかったな。作家気質の人は、そういう視点で見るものなのか。

「やっぱり、杏が入ってくれると助かるんだけどね」

改めて思ったことを、そのまま口に出していた。

「一枠しかない指定校推薦を取ろうとしています。特待生試験も受けようと思っています。父の仕事がなかなか軌道に乗らないのもありまして、学費の負担を極力減少させたいので。それに……」

「それに？」

杏は俯いて、言い淀んだことをそれ以上話そうとしなかった。

「わたくしにも様々な選択肢がありまして。とにかく、父に頼らずに生きていかねばなりませんから」

「お父さん、大変なの？」

杏の家は、父子家庭だ。お母さんは杏を出産した時に亡くなったと聞いている。お父さんとの二人暮らしも長く、親子の関係に何かあるとは思えないけど。

「文筆業しか肌に合わない人ですから、他業種でうまくいく仕事を探すのは容易ではないと思います」

そうか、やっぱりお父さんも大変なんだね。連日のようにテレビで報道されたあの騒動を知らない人はいないだろうし。もちろん、あの時も一番大変な思いをしたのは杏だろうけど。

胸を締め付けられるような、切なさにも似た感情が湧いてきた。

7

四月十四日、火曜日。


放課後の部室に、今日は三人が揃った。おばあちゃんがまったく問題なく日常生活を送れているとのことなので、これからは美月も本格的に稽古に参加できそうだ。

「あたしが演じるのは、ギャルで問題児か。もう少し、その子のバックボーンが知りたいわね」

私の話を聞いた美月は、腕を組んで窓際のスペースに立って目を閉じた。彼女は、役作りに時間をかける。海斗のような憑依型の役者ではなく、その役を深掘りして、必要ならば取材もして、徹底的に分析したうえで自分のものにする。だから脚本には書かれていない情報も欲しがる。

部室の中央に立つ私は、彼女に顔を向けた。

「それは追々決めていくから。まだ脚本としても固められる段階じゃないし」

杏ならすぐに書いちゃうんだろうけど、私にそんな力はない。

「俺は生徒会長で優等生か。おもしろくなりそうだな」

私の隣に立つ海斗は、かなり乗り気みたいだ。

「またエチュードをしてみようと思うの。無理に笑いを取ろうとしなくていいし、どんな展開があるかとか、ストーリーの膨らみを見たいから」

「よっしゃー、やってみようぜ」

海斗の表情が変わった。特に目つきが一変する。今は完全に、優等生だ。

私がストップウォッチアプリをセットしている間に、海斗と美月が机と椅子を横に並べて座り込んだ。そんな二人の正面に私が立てば、生徒と教師の位置関係が成立する。

進路相談のような形を取りたいから、教師の私から話しだすことにする。

「先日回収した三者面談用の進路アンケート、白紙で出してきたのは二人だけよ。まずは、新倉さん、高校を卒業したらどうするつもりなの?」

机を挟んで、私は美月と対峙した。

「お嫁さんか、ケーキ屋さん」

教師をおちょくるような高笑い。もっと掘り下げて役作りしたいんだろうけど、即興でも美月の役作りはレベルが高い。

「そんな子供みたいなこと言ってないで、真剣に考えないと」

「先生、卒業ってなんですか？　僕たちは何から卒業するんですか？」

無理やりボケなくてもいいって言ったのに、海斗は優等生キャラのまま、おかしな角度から切り込んできた。

「そういう曲があったわね。でも影響を受けてる場合じゃないでしょ。岡崎くんは成績も優秀だし、国公立だって狙えるんだから、今さら迷うことなんてないでしょ」

顔だけを向けて、海斗を諭す。

「選べる立場だからこそ迷うんです」

「そういう時は、大学をどこにするかではなくて、もっと先のことを考えて逆算するといいわよ。こういう仕事に就きたい、そのために学生のうちにこういう勉強をしておきたい、そういう勉強ができるのはどこの大学のどこの学部だって」

「なるほど、それはわかりやすいですね。僕は将来、プロ野球選手になりたいので、そのために今から野球部に入ります」

「遅い。三年生はもう引退したから」

「ねえ先生、じゃあ、あたしは結婚する。あたしかわいいから、結婚ならすぐできるし」

「そんなに甘くないわよ。先生もかわいいけど、まだ結婚できてないし」

あれ？　これはだめかな？　ツッコミの私にボケの要素が入ってきちゃってるかも。

こんな感じで、とりあえず五分を消化してみた。二人の演技にも助けられ、要所要所で使えそうなやり取りも生まれたと思う。私的には悪くなかったんだけど、二人は納得していないようだ。

「悪くはねえんだけどな。笑えるくだりがいくつか出てきたし。でも、いまいち話が展開しなかった気がするんだよな」

海斗はだらしなく、椅子の背もたれに背中を預けるようにしている。

「ごめん、それは私の回し方が悪かったんだと思う」

エチュードはアドリブとはいえ、仕切りのような立場に一人を置くとスムーズに展開する。今回の設定、配役の場合、回し役は私だ。

「美月はどう思う？」

彼女の前の机に両手をついて、正面から向き合った。

「話しかけないで。役を固めてるところだから」

私の問いかけを制して、美月は目を閉じて瞑想していた。中学の時、こういうスタンスの美月を後輩たちが恐れていたけど、私はもう慣れている。彼女も悪気があってこういう態度を取っているわけじゃないし。

「ちょっといいか？　俺から一つ提案なんだけどよお」

美月の瞑想が収まったところで、海斗が語りだした。

「初舞台がいきなりエンペラーオブコント本番てのもなんだからよお、腕試しをしてみねえか？」

「アホカメレオンにしては、まともなこと言うじゃない。至極当然の提案ね」

美月は頷きながら、海斗に顔を向けていた。

「演劇で言うと、地区大会の前に、地域の演劇イベントで試してみるみたいなことかな？」

たしかに、演劇とコントの違いはあるけど、どちらもぶっつけ本番というのはなしだろう。試してみることで反省点、改善点が見つかり、修正することでよりよい作品になる。それはこれまでに、幾度となく経験してきた。

「でも、あたしたちみたいなアマチュアに、そんな都合のいい舞台があるわけ？」

美月の言うとおりだ。ストリートミュージシャンのようにゲリラ的に路上でやる手もあるだろうけど、腕試しというならば、できる限り環境も本番に近づけないと。

「『ゲレランステージ』っていう、フリーエントリーライブがあるらしいんだ。エントリー料さえ払えば、アマチュアでも参加できるみてえだし。もちろん、事務所に所属してるプロも出てくるみてえだけど」

海斗は、手柄を自慢するような顔つきをしている。

そんなものがあるとは驚きだ。お笑いの世界も奥が深い。きっと今の私が知っているお笑いなんて、テレビやスマホの画面の中の、ほんの一部の世界なんだろう。

「あっ！　それでさっき私に、今夜も竹村先生のところに行くぞって言ってきたの？」

午前中の休み時間に、海斗から言われたこと。だったらその時に、ゲレランステージのことを教えてくれてもいいのに。

「竹村先生なら、お笑いライブにも詳しいと思ってな。まあ、そうと決まれば、今のエチュードをベースにして、もう少し形にしてみねえか？　それを先生に見てもらいてえし」

簡単に言ってくれる。それを書き下ろすのは私なのに。

「うわっ、今夜はだめだってよ。フサちゃんから」

渋い顔をした海斗が、スマホを掲げて見せてきた。

フサちゃんて……。気安すぎでしょ。

「家業の夜勤に欠員が出ちまって、竹村先生が出勤になっちまったってよ。あとフサちゃんも、実家に顔出さなきゃならねえみてえだ」

竹村先生はお昼過ぎまで仕事をして、そのあとに柔道部の指導をしているはずだ。それに加えて、こんな形で急遽の夜勤に駆り出されることもあるのか。フサエさんも定期的に実家に行かなきゃならないみたいだし、大人の大変さを目の当たりにさせられた。

「じゃあ、明日にしようぜ」

スマホをしまいながら、海斗があっけらかんとした口調で言った。

まったく、この男は何も感じないのだろうか。

8

四月十五日、水曜日。

部室での稽古を終えて、柔道部が練習を終えたのを確認してから、私たちは竹村先生宅に自転車で向かった。竹村先生が原付で通勤していることを知ったから、時間を合わせるのもうまくなった。

「ここはおまえたちの家じゃないぞ」

「いいから、入って入って！」

インターフォンを鳴らした直後に顔を出した竹村先生と、その背後から聞こえるフサエさんの声。いつものくだりを経て、私たちはリビングに向かった。

「昨日は旦那と二人して留守にしちゃったから、相手してあげられなくてごめん、ごめん」

キッチンのほうから激しい足音とともにやってきたフサエさんが、私たちを認めるなり言葉を継いだ。

「おやおや、一人増えたの？　トリオコントなんて、いきなりハードル高いことしようとしちゃって」

そこで私が竹村先生とフサエさんに、美月を紹介した。

「新入りちゃんが美月ね。モデルなみに綺麗じゃん。まったくさあ、あんたたちは華もあるし、ウチらメガトンキッスになかったものを全部持ってるね。ほんと羨ましい」

フサエさんが、三人分の麦茶を出してくれた。

三人が一列に並んで座ると窮屈なソファなので、フサエさんが定位置のL字の角を美月に譲ってくれた。そんなフサエさんは、ソファの上にあったクッションを座布団代わりに床に敷いて、木製のテーブルを挟んで私たちの正面に座った。

「この匂い……。今日はクリームシチューっすね？」

「海斗、正解！　いっぱい作ったから食べてってって」

「フサちゃん、サンキューっす」

やっぱり、馬が合うみたいだね。

「それはそれとして、早速見せてよ。旦那と一緒に見させてもらうから、試作段階のネタをね」

座布団に座って襖側のテレビに向かう竹村先生は、呆れたように溜息をついていた。それでも一応、見てはくれそうだ。ちょっと前までは門前払いだったり、テレビに顔を向けて、こちらに顔を向けてくれなかったりだったし、そう考えると、大きな変化だと思う。ここへ通いつめた甲斐もあるってものだ。

私たちは玄関側のスペースにダイニングから持ってきた椅子二脚を置いて、稽古中のネタを披露した。完璧な脚本段階には行っていないけど、今までのエチュードから文字にすることはできたし、試作の試作くらいのレベルで書き上げたものならある。

「おもしろいじゃん。まったくさあ、末恐ろしい子たちだね」

フサエさんが拍手しながら、言葉を継いだ。お尻に敷いたクッションが、ぺちゃんこになっている。

「教師の風里、優等生の海斗、ギャルの美月、配役がいいじゃん。美月の演技は初見だけど、いい味出してるね。三人とも、どんな役をやっても問題はなさそうだね。ねえ、師匠はどう思ったのよ？」

「師匠ではないけどな。まあ……、オレも同感だ」

フサエさんに話を振られて、竹村先生は頷きながら、そう言ってくれた。今も、そしてネタ中も、体ごとこちらを向いてくれている。

やったね。やっぱり竹村先生に認めてもらうと、自信が湧く。

「ただ……、改善点も山ほどある」

竹村先生はそれだけ告げると、いつものようにテレビのほうに体を向けた。

「なんだよ、改善点て？」

「おまえは前に出すぎだ」

食ってかかる海斗を見ようともせず、竹村先生が呟くように言う。

「美月と俺がボケなんだから、前に出てなんぼだろ？」

納得がいかないとばかりに、海斗が目を剥いて捲（まく）し立てたからか、竹村先生は「説明してやれ」とばかりに、フサエさんに視線を投げていた。

そんな竹村先生の姿勢をフサエさんはよく思っていないのか、険しい目つきを見せてから、それでも私たちには優しい口調で「とりあえず三人とも座りな」と言ってくれた。

私たちがソファに腰を下ろすと、フサエさんは立ち上がって語りだした。

「あんたたちがやろうとしてるスタイルのトリオコントは、大ボケ、小ボケ、ツッコミなんだよね。この場合、前に出てボケるのは大ボケなんだけど、海斗は小ボケだから、引き立て役に徹しないとね」

「ボケが花形で、ツッコミが引き立て役じゃねえのかよ？」

「それはコンビの場合じゃん。だから最初にウチが言ったでしょ、トリオコントなんて、ハードルの高いことしようとしちゃってって」

「その改善の方向性を、もう少し具体的に教えてもらえませんか？」

私は積極的に、教えを請う姿勢を見せた。まだわからないことだらけの世界だ。わかる人から教えてもらって、どんどん吸収していきたい。

「今の感じだと、海斗と美月のパワーバランスが同じじゃん。たとえばそこを、海斗が美月に恋心を抱いてて、だから美月の言うことはなんでも聞いちゃうとか。美月がおかしなことを言っても追随しちゃうとか、生徒会長が何言ってるのよ、みたいな感じにすると大ボケ、小ボケのバランスが取れるんじゃないかな」

なるほど、たしかにフサエさんの言うとおりだ。今の感じだと、ストーリーも含めてなんか平坦な感じがしてたんだけど、その方向でいくとメリハリがつく気がするし。

「ありがとうございます。すごくわかりやすいです」

「師匠からは何かないの？　お弟子ちゃんたちが、こんなに積極的に勉強しようとしてるんだから」

「オレは師匠ではない」

竹村先生がそう答えた直後だった。耳をつんざくような轟音が、室内に響き渡った。フサエさんが、空手の正拳突きのようなパンチを、テーブルに打ち込んだのだ。

「情けない男だね！　あんたを頼って来てくれた子たちに、なんだよ、その態度は！　この子たちは本気だよ。ウチも最初は真剣さを疑っちゃったけど、今のこの子たちを見てればわかるから。この子たちの学校で、仮にも指導者してるんでしょ？　それなのに、なんとも思わないの？　適当にあしらっとけばいいとでも思ってるわけ？」

あまりの剣幕に、私たちは呆然と見つめることしかできなかった。

「そんなつもりはない」

竹村先生は表情を変えず、低音の声を発した。

さすがに、ちょっと言いすぎかなとも思う。竹村先生の態度は、少しずつ和らいできていた気がする。言葉は少ないし、無愛想で、手取り足取り教えてくれたわけじゃないけど、それでも伝わってくるものはあったから。

「だったら、ちゃんと教えてあげなさいよ。ウチに振るんじゃなくて、自分の言葉でちゃんと伝えてあげなさいよ。あんたがお笑いに関わりたくない気持ちが、わからないわけじゃない。でも、いつの話よ？　昔の話をいつまでもウジウジしちゃって、部屋の隅っこでいじけちゃって、ウチはそんな男とコンビを組んだ覚えはないし、夫婦になったつもりもないから！」

強い。そして、かっこいい。

一瞬にして、フサエさんラブになっている私がいた。憧れにも似た眼差しで、フサエさんを見つめている自分に気づく。

そんなフサエさんの心意気に応えられないような人だったら、教えを請いたくなんてないんだけど、竹村先生がそんな人じゃないのは、これまでの短い付き合いの中からでもわかっている。

「オレの指導は、特にお笑いとなったら、嫁さんとは比べものにならないくらい厳しいぞ」

立ち上がった竹村先生からは、勇ましさを感じた。

ほら、竹村先生もかっこいい。

「望むところだぜ」

海斗は見た目はイケメンなんだけど、このかっこいい夫婦を見たあとだと、なんか薄っぺらく見えちゃうんだよね。

　フサエさんと並んで私たちの前に立った竹村先生の強面に精気が宿って、重低音の声で語りだす。

「トリオの場合、これは漫才でもコントでも共通する考え方だが〝三人目の使い方〟ってのが大事なんだ。海斗、おまえのことだ。これがうまくいくと全体に厚みが出て、トリオならではの笑いが生まれる。逆に失敗すると、三人の必要性を問われる。二人でいいんじゃないかってことになる。賞レースの審査員にそう思われたら終わり、絶対に勝ち上がれない」

　竹村先生の射るような眼差しが、海斗を捉えている。

「そんなに難しいポジションなのか、俺は」

　さすがの海斗も心に染みたのか、虫歯の痛みに耐えるような顔をしている。

「あたしはこの感じでいいの？」

　竹村先生を、教えを請うべき師と認めたのだろう。美月が前のめりに聞いていた。

「美月は、その感じだな。この舞台では自分が一番目立つのよ、くらいの気持ちでいればいい」

　美月は満足げに頷いていた。次は私の番だ。

「私はどうですか？」

「風里は難しいな。海斗が前に出すぎた分を差し引いても、印象が薄いな。今はツッコミも個性が求められる時代だからな。今後、ネタをまとめていくうえでの助言としては、ツッコミのワードをもう少し短くしたほうがいいかもしれないな。エンペラーオブコントの一回戦は二分だ。最終的には、尺との闘いにもなるからな」

そうか、演劇の一時間と違って、二分なんだよね。一秒、二秒を削る作業が今後発生するってことだよね。もう少し、具体的に聞いておきたい。

「ワードを短くするっていうのは、どういうふうにですか？」

「たとえば、『子供みたいなこと言わないで』は『子供かっ』で済ますこともできる。ただし、ツッコミのニュアンスや強弱が変わってしまうから、場面によっては適合しない。その辺の判断も必要になってくる」

奥が深い。深すぎて、頭が痛くなってきた。

「ネタの方向性としては、これで行く気なのか？」

竹村先生のほうから聞いてくれた。それがめちゃくちゃ嬉しいんだけど、とにかく脚本は一応私だし、まずは答えないと。

「そのつもりですけど、何か気になりますか？」

「いや、悪くはないし、おまえたちなら無難にこなせるだろうな。でもなんだろうな、うまく言えないが、何かもったいないっていうか。なんでもできちまうおまえたちだからこそ、オーソドックスじゃないコントも見てみたい気がしてな。まあしかし、まずはこれを完成させてみろ」

　歯切れの悪さが気にはなったし、この前言われた「上手すぎる」が引っかかってるんだけど、でも竹村先生の言うとおり、このネタも完成していないわけだから、ほかを考える段階ではないと思う。

「あとさあ、俺から聞いてみてえことがあるんだよな。ネタのことじゃなくて」

　そう切り出すと、海斗はゲレランステージで腕試しをしたい旨を、竹村先生に説明していた。

「ゲレランか。おもしろいもん見つけてきたな。いいと思うぞ」

　やっぱり知ってるのか。元芸人さんは、伊達じゃないんだね。

「先生たちも出たことあんのかよ?」

「オレがいた児玉芸能は、フリーエントリーライブへの出演が認められてなかったんだ。自社劇場を持ってる事務所だったからな」

「だからウチらメガトンキッスは、事務所ライブがメインだったわけ。弟子たちの初舞台、見に行ってあげなよ、お師匠さん」

　フサエさんの言葉を受けて、竹村先生は顔を曇らせた。ここでこうやって指導してくれることにはなったわけだけど、劇場に足を運ぶとなると話が変わってくるのかな。またお笑いと、関わることになるわけだしね。こればかりは無理強いすべきじゃ――。

「先生、見に来てくれよ」

大バカヤローがいたのを忘れていた。

「……わかった。見に行こう」

竹村先生が、しっかりと頷いてくれた。

なるほど、時には空気を読まないことも大事なんだね。

「それから、おまえたちに言っておく。指導もするし、劇場出番を見に行くのもかまわないが、〝師匠と弟子〟っていうのは勘弁してくれ。くすぐったくてしょうがない」

竹村先生は、強面を赤らめて頭を掻いていた。へえ、かわいいところもあるんですね。

「さあ、ここからはお腹を満たしながら話そうよ。ウチの特製クリームシチュー、たらふく食べちゃって」

キッチンに向かっていったフサエさんが、満面の笑みで大きな鍋を運んできた。そんな大きな鍋、市販されてるんだ。

今しがたのネタで使わせてもらった椅子二脚を竹村先生が運んできて、巨体の夫婦が腰かける。五人で囲む木製のテーブルが、今までより小さく見える。

「あんたたちのエンペラーオブコントでの健闘を祈って、決起集会よ」

フサエさんがさりげなく、竹村先生に缶ビールを渡していた。嬉しそうにプルトップを開ける竹村先生が、可愛らしい。

「よっしゃー、絶対優勝するぞー！」

海斗は大声を張り上げ、その勢いのままクリームシチューを掻き込むように食べ始めた。

いやいや、ここは乾杯とかするところでしょ。

竹村先生も喉を鳴らして缶ビール飲み始めちゃってるし、傍から見たらおかしな集団だろうなって思う。

それから、もう一つ。ここに杏がいてくれたらなって……。

「なあ先生、これからいろいろ教えてもらうわけだし、連絡先交換してくれよ。フサちゃんとは交換したし、先生もいいだろ？」

海斗がおもむろに、スマホを掲げた。

「連絡なら、嫁さんを通して寄越してくれ。生徒との私的なやり取りが、うるさく言われてることくらい知ってるだろ」

それは知っている。私たち生徒側も、厳しく言われているから。でも、思い立った時にすぐに会って指導してもらえるわけじゃないし、ＬＩＮＥでのやり取りでできることもあると思うから。

「連絡先の交換くらいしてあげなよ。ウチが目を光らせてるわけだから、やましいこともできないでしょ。あ、でも美月は美人すぎるから〝嫁NG〟を出しちゃおうかな。代表して風里と交換すればいいじゃん」

「なんで私はOKなんですかっ！」

狙ったわけじゃないのに、大爆笑が巻き起こった。

はいはい、もういいですよ。エンペラーオブコントでも、こんな大爆笑を起こしてあげますから。

9

四月十六日、木曜日。

保護者会のための午前授業、部活動禁止日。生徒は全員、強制下校。ちょっと前までの私だったらこのラッキーデーに感謝して小躍りしながら帰っていたけど、今は困る。部室が使えないと稽古ができないじゃないか。

私たち三人は、学校裏手のコンビニで昼食を済ませて、田奈山公園に向かった。広場のある公園なので、ある程度の声出しは大丈夫だろう。

水を映したような青空には、雲ひとつ浮いていない。ポカポカした過ごしやすい陽気で、自転車を漕いできた私は、背中が汗ばむのを感じていた。

遊具のあるスペースでは、幼稚園帰りなのか、可愛らしい制服姿の子供たちが走り回り、お母さんたちが見守っている。

「ねえあれ、杏じゃない？」

美月が指差す方向のベンチには、ツインテールの美少女の姿があった。

私たちが歩み寄ると、読書をしていた杏が顔を上げ、ほぼ同時に海斗がいつもの体勢に入っていた。

「わたくしのツインテールは持ち物ではありません」

「俺たちの稽古を見に来たのか？」

杏の背後で、ツインテールを持ち上げたまま、海斗が言った。

「違います。晴れた日は帰宅途中にここへ寄って、おやつを食べながら読書をします。受験勉強の合間のささやかな息抜きです。ですから、ここで稽古をするのはやめていただきたいです」

中学が一緒の私たちは帰る方向が一緒なわけで、こうなってもおかしくはない。

「おまえさあ、相変わらず歩いて通学してんのか？　四十分くらいかかるだろ？」

「自転車乗れませんから」

杏は運動が苦手というか、もっと言っちゃうと壊滅的な運動音痴で、自転車に乗ることもできない。私たちが通っていた中学校の場所は、青葉台駅と田奈駅のちょうど中間で、私たちの自宅もその周辺で、どちらの駅に出るのも時間がかかる。バスはあるにはあるけど、高校の目の前まで運んでくれるわけじゃないから、公共交通機関は何を使っても非効率。結果、自転車が最良の通学手段になる。

「せっかくだから、杏に見てもらおうよ」

私の提案に、海斗と美月が頷いた。

「杏からの助言も生かして、一応脚本にしてみたの。見てくれる？」

「見るだけでしたら」

杏は〝きのこの山〟を取り出して摘み始めた。集中して見ようとしてくれている証拠だ。

私たち三人は、杏が座るベンチの真ん前に立ち、ネタを披露した。机や椅子はないから、ここでは立ったままの演技だ。

まだ竹村先生からの指摘を改善できていないけど、杏に見てもらうことで、改善のヒントを得られるかもしれない。そんな期待も込めて、私は演じた。

青空の下で演じるのも気持ちがいい。声の響きや、空間把握に難は生じるけど、気分転換にはもってこいだ。

「どうかな？　おもしろかった？」

竹村先生から感想を聞くのとはまた違った、独特の緊張感がある。

「演技力って、衰えないんですね。一瞬で場面が浮かびました。引き込まれました。そこはさすがだと思います」

杏らしい淡々とした口調だけど、感心してくれているのはわかった。

「脚本の構成はどうかな？」

「見るだけの約束では？」

「ケチケチすんなよ。それくらい教えてやってくれよ」

海斗はまた杏の背後に回って、彼女の髪を持ち上げた。

「わたくしのツインテールは持ち物ではありません」

杏は〝きのこの山〟を摘んでから、言葉を継いだ。

「もう一つ二つ、展開させてもよろしいのではないでしょうか？　たとえば、教師と生徒が喧嘩のような言い争いになるとか。お互い本音を言いすぎて、そんなふうに思ってたのとか、それ今言うことじゃないでしょ、みたいなやり取りがあってもよろしいのではないかと」

「おもしろいわね。あたしの役だと、発言がかなり膨らみそうだし」

美月は微笑をたたえながら、しきりに頷いていた。

「あとは、海斗さんが少し前に出すぎではないかと」

「それ、竹村先生にも言われたんだよね」

「海斗さんは美月さんに恋愛感情をお持ちのわけですから、そこをうまく利用してみてはいかがでしょうか?」

「海斗はしっかり役作りしてくれてるし、私が脚本で直すべきなのかな?」

客観的に見てくれた二人が、揃って同じ点を指摘したということは、これは欠点なのだと認めるべきだ。そのうえで、改善しないと。

「脚本で直さないと、海斗さんは暴走する怖れがありますから」

私と美月が同時に大きく頷いた。

「やっぱり、おまえが脚本書けよ」

「書きません」

海斗は懲りずに杏のツインテールに手をかけようとしていて、でもそんなことはどうでもよくて、私はただひたすら自分の才能のなさに辟易するしかなかった。

だけど、それは最初からわかっていたことで、杏のレベルで脚本が書けるわけはないし、ここはありがたい助言をもらったと感謝しようと思う。

「杏がアドバイスしてくれた形で、エチュードしてみない?」

私が提案すると、美月も海斗も目を輝かせて頷いた。

「若干、キモいんだけど」

早速役が憑依した海斗に、美月は顔を背けて嫌悪感を露にしていた。海斗は顔を上気させてはいるものの、どこか戸惑った様子で美月を見つめている。恋愛に不慣れな恋する男子、その方向でいくことで、少し控えめな演技をしようとしているのかもしれない。

「先生はいいよね。公務員なんていう安定した職業に就いてるわけだし、あとは結婚するだけじゃん。あたしなんて、キャバか風俗くらいしか行くとこないし」

口火を切った美月は、どうやら今までの役作りのまま様子を見るつもりらしい。

「僕が毎日通うよ」

海斗が嬉しそうに追随する。立ち位置がさっきよりも美月に近い。表情や所作だけでなく、そういうところでもキモさが伝わってくる。ほんとに上手だなって思う。

「生徒会長が何言ってるのよ、あなたは止める立場でしょ」

「じゃあ、あたしはナンバーワン目指しちゃおっかな。そしたら将来安泰じゃん」

「僕が一生貢ぐからね」

「いい加減にしなさい！　もう少し真面目に自分の将来を考えなさい！」

二人の演技に引っ張られる形で、私も感情が乗ってきた。

「先生はいちいちうるさいよ！　あたしの将来に口出さないで！」

美月が掴みかかってきた。こんな派手な演技が来るとは思わなかったので、私はよろめき、なんとか踏ん張って後方に倒れるのだけは免れた。


「ちょっとあなたたち、何してるの！」

突然、見知らぬ声が響き渡った。

「男の子もいるんだから、仲裁しなさいよ！」

たぶん私のお母さんくらいの歳の、犬の散歩をしていた女性が血相を変えて飛んできた。飼い主に倣う（なら）ように、栗毛のポメラニアンがキャンキャン吠えまくっている。

「あ、すみません。私たち演劇部で、稽古をしてました」

正確には、もっと説明しなきゃいけないことがある。でも今はこの場を収めるために最低限の情報を伝えた。

「あら、そうなの。こちらこそ、ごめんなさいね、邪魔しちゃったわね。あまりにもリアルだったから、驚いたわ」

勘違いさせちゃったのは申し訳ないけど、それくらいの演技をしてたんだって思うと、悪い気はしない。

「どうぞ続けて」

女性は、そのまま少しの間、私たちのエチュードを見学していった。真剣な眼差しを向けてくれたかと思えば、声を出して笑ってくれたりもした。

私たちの初めてのお客さんは、賛辞と激励を残して帰っていった。

嬉しいけど、もう外で稽古するのはまずいかな。

10

五月十六日、土曜日。

ゴールデンウィーク明けに、中間テストがあった。連休中は稽古も減らして、とにかく試験勉強を重視した。これでも受験生だし、進路がどういう形になるかわからないからこそ、定期テストを落とすわけにはいかない。結果、私は満足のいく形で終えることができたんだけど……。

海斗と美月は赤点だらけで、救済手段の課題プリントが山ほど出て、今日も昼過ぎから私の家で勉強会だ。これじゃあ、連休中に稽古を減らした意味ないし。まったく、明日が初舞台だっていうのに。

「稽古してえなあ」

丸テーブルにシャーペンを放り出して、海斗はカーペットの上に寝そべった。

「稽古してる時は、もう帰ろうぜとか言いだす癖に。ほら、美月も寝ないで」

美月は丸テーブル上のプリントの山に、顔を埋めてしまった。

「部活の頃だったら、ありえねえよな。舞台前日にこんなことしてるなんて」

海斗は一応起き上がりはしたものの、再開する気はなさそうだ。まあ、海斗の言っていることは、そのとおりなんだけど。

舞台前日は、本番とまったく同じように通し稽古をするのが一般的だ。これをゲネプロといって、全国優勝した時は、ゲネプロの時点で確かな手応えがあった。

でも今は私たちの立場とか、環境とか状況とか、何もかもが違う。

「自分たちがテスト勉強サボったから、こんなことになってるんでしょ。ほら美月、寝ないで」

いびきをかいて涎を垂らしていたら美月も普通の女の子なんだなって思うけど、寝顔もどこかセクシーで、意識がないところでも女優しちゃってるから、なんか悔しいから体を揺すって無理やり起こす。

「二人とも、プリント月曜に提出なんでしょ？　明日は忙しいんだから、今日終わらせないと」

若草色のカーテンの隙間から、西陽が差し込んできた。こんなペースでやっていたら、夜になっちゃうよ。

「美月ちゃんも海斗くんも、久し振りね」

お母さんが入ってきて、オレンジジュースとクッキーを出してくれた。午前中から出かけていたから、帰宅したばかりだろう。父親の海外転勤のことで、いろいろ忙しいみたいだ。

「風里のお母さんは、相変わらず綺麗だなあ。マジで美人っすね」

世渡り上手というか、海斗の調子のよさには呆れを通り越して尊敬の念さえ覚える。

「海斗くんたら、お世辞までうまくなっちゃって。ゆっくりしてってね」

「あ、次来た時は、俺はレッドブルでお願いしますね」

「あたしは黒ウーロン茶で」

わずか数時間で、二人は毎日のように通ってきていた中学の頃の感覚に戻ってしまったらしい。

「気が利かなくてごめんなさいね。次は用意しておくわね」

「二人とも自由すぎっ！　お母さん、気にしなくていいから。でも、私は温かいお茶とお煎餅にして」

「風里が一番わがままじゃない」

そう言い残して、お母さんは出ていった。全然、わがままじゃないし。

「せっかくだから、休憩しようぜ」

「海斗はずっと休憩してたでしょ」

私の指摘なんて気にする様子も見せずに、海斗はクッキーを摘んでいた。

しょうがない。少しだけ休憩にするか。さほど大きくない丸テーブルを囲んで、私たちはひと息ついた。

「ねえ風里、あんたまだ六法全書の朗読してんの？」

美月は驚いたように、でも少し呆れ顔で、本棚を指差した。

「趣味だもん。ストレス解消にもなるし」

「聞いたことねえよ、そんなキモい趣味」

「うるさい。あんたたちみたいな天才と一緒にいると、ストレス溜まるの」

全部が全部二人のせいではないし、進路のこととか、卒業後の生活のこととかいろいろあるけど、でもやっぱり、天才たちを間近で見すぎるのは精神衛生上あまりよろしくないのは、これまでに学ばせてもらった。

「明日の話もしておくべきよね。脚本はこれで完成なの？」

オレンジジュースを一口飲んで、美月が聞いてきた。

眠気を含んだ表情ではない。舞台の話になると、彼女は顔つきが一変するのだ。

「明日の舞台はこれでいくけど、やってみた感じで手直しはしようと思ってる」

杏の助言を取り入れて、かなりよくなったと思う。現状では、ベストの状態と言えるのではないか。

「三分をちょっとはみ出すかもしれないのは問題ないの？」

何度か通してみて、三分プラスマイナス一秒くらいで落ち着いた。テンポと間は作り上げたので、これを削るとしたら、台詞をいじるしかない。いずれにしても、エンペラーオブコントの一回戦は例年どおりだと二分だから、ここからさらに修正をかける必要がある。

「海斗、明日のゲレランステージは大丈夫なんだよね？」

言い出しっぺの海斗に、今回のエントリーは任せてある。

「返信メールを転送したよな。そこにいろいろ書いてあっただろ」

この辺は頼りない。やっぱり私がやるべきだったかな。そんなことを思いながら、私はスマホを操作して、メールを確認した。

このメールの情報だけでは心許なかったので、私なりにネットで調べて気になる点を解決しようとしたんだけど、いかんせん情報が少なくて困った。出場経験のある芸人さんのＳＮＳなどを見ても、求める解答は得られなかった。アマチュアでも出場できるようなフリーエントリーライブというのは、こういうものなのだろうか。

「三分で半暗転、三分十秒で強制暗転てなってるね。この文面を見る限り、三分を過ぎても続けることはできるみたいだし、今回は問題ないと考えてよさそうね」

「半暗転てどれくらいの明るさが残ってるのかな？　無意味に照明転換されるわけだから、お客さんの気は削がれるわよね」

何事にもこだわりを持ち、妥協を許さない美月らしい意見だけど、今ここで話しても解決しない気がする。

「今回はそれも含めて、どんな感じなのか体験してくる場にしようよ」

「ＢＧＭは？　今回は使わないけど、本番では使いたいんでしょ？」

私としては、使いたい。これまでの演劇経験から舞台セットの大道具と、ＢＧＭの重要性は痛いほど学んだ。こちらが意図する世界観に観客を引き込むツールとしては、絶対に必要だ。コントでは演劇の時のような大がかりなセットは組めないから、だからこそＢＧＭは重視したい。

「事前にＣＤを渡すって書いてあるけど、渡しただけじゃできないだろうし。わからないことだらけだね。明日、スタッフさんに全部聞いてこようよ」

演劇では、照明も音響も綿密な稽古を重ねて本番に臨むんだけど。

「そうだな、お試しで出るわけだしな」

「でも、バトルライブってなってるわよね。優勝とかあるんじゃないの？」

負けず嫌いの美月らしいけど、テストマッチ段階の私たちが考えることではないと思う。

「漫才やピン芸の芸人さんも出る舞台だからね、明日はそこにこだわる必要ないんじゃないかな」

納得したのかどうかはわからなかったけど、美月は一つ頷いて質問を変えた。

「何組くらい出るの？　プロもフリーもアマチュアも出場できるんでしょ？」

「それはライブ情報のサイトで、出演者が公表されてた。土日は六十組くらいになるみたいだね」

調べがついた数少ない情報の一つがそれだ。ただ、その際に見つけてしまったほかのある点が気になっていた。できればすぐにでも海斗を問い詰めてやりたかったんだけど、事務的な話を一通り終えてからの方が徹底的に問い質せると思ったから、あえてとっておいた。

その件を、私は海斗にぶつけた。

「なんで相談もしないで決めちゃったのよ！」

「とりあえずだし、エントリーは任せるって言ったのそっちだろ」

逆ギレだ。ああ、やだやだ。

「だからって、グループ名が〝横浜青葉演劇部〟って、そのまんまじゃん」

「ほんとセンスない」

美月も同調してくれたけど、海斗はまったく気にしていないようだ。

「うるせえな。エンペラーオブコントの時に変えればいいだろ」

そういう問題じゃなくて、こういうのは最初の一歩が肝心ていうか。

そこで私は、ふと気づいた。

てか、課題のプリントどうすんのよ、全然進んでないじゃん。

二人の目の前で、六法全書を朗読してやりたい。

11

五月十七日、日曜日。

目の前に溢れ返る人波は、寄せるばかりで引く気配はない。それどころか、増える一方な気がする。日曜の新宿は、そろそろ昼食時だというのもあってか、いや、この雲一つない快晴の影響か、とにかく歩くのも苦労する混雑ぶりだ。

歌舞伎町っていうと、やっぱり恐いイメージで、普段はまず来ない場所だけに根拠のない想像ばかりが膨らんで、私の中では銃弾が飛び交う抗争地帯みたいになってたんだけど、実際は全然違った。渋谷、原宿より少しだけ年齢層が高い人たちが行き交う、活気に溢れた繁華街だ。

その歌舞伎町の片隅、西武新宿線寄りに、今日私たちが出演する劇場『バティモス』があった。

海斗と美月は、衣装でもある制服を着ている。私も演劇部所有の衣装、タイトスカートタイプのスーツをあらかじめ着込んできた。楽屋の広さや着替えの時間もわからないし、出番までの段取りが不明な状態なので、何が起こってもいいようにという判断だ。

バティモスの前に着いたのは、十一時三十五分。私たちが一番乗りだ。集合時間の十分前なのに、まだ誰もいない。雑居ビルのような造りの一階、黒い扉は年季が入っていて、真新しさは感じない。老舗の小さなライブハウスといった佇まいだ。

集合五分前くらいになると、私たちの後ろに続々と並び始めた。ざっと見た感じ、二十代、三十代だと思われる男性ばかり。歩道に一列に並び、挨拶を交わしたり、雑談をしたりしている。

心拍が速くなってきた。緊張というより、未知の世界に放り込まれたような不安。一人だったら吐き気とかもしてきちゃいそうで、でも幸い私には心強い仲間がいる。海斗も美月も堂々としている、というか、スマホをいじって周りを気にしていない。

「お待たせしました。ゲレンステージ、受付を開始します」

女性のスタッフさんが扉を開け、受付ブースが開放された。そこでグループ名を告げて、エントリー料の三千円を支払って会場入りした。

受付ブースの先が客席の最後尾になっていて、そのまま階段を下りてステージに向かう。

「狭っ！」

私のあとに続く海斗が、教室での会話のように言った。

「声に出さないでよ。思うだけにして」

私は振り返り、海斗を睨みつけてやった。

反省なんてしてくれないだろうけど、一応注意しておく。それに、私も同じことを思ったから、強くは言えない。

キャパは約百席だと、事前に調べてはいた。そのクラスの劇場に立ったことがないからピンと来なかったけど、いざ見回してみると窮屈な感じしかしない。

「こんなもんでしょ。とりあえず座ろう。あたしが奥行くわ」

私と海斗を追い越して、美月が歩を進めていく。

美月が一番冷静だ。階段を最前列まで下りていき、上手側の奥の席に向かっている。

三人で並んで腰を下ろすと、居心地の悪さを感じた。周りの芸人さんたちが、好奇の視線を刺してくるからだ。まあ、そりゃそうか。高校生がこんなところにいたらおかしいし、それに美月はとんでもない美人だし。ついでに海斗もイケメンだけど。

それにしても、最前列って舞台からこんなに近いの？

「皆さん、おはようございます」

ショルダーバッグのように肩から斜めにスマホをぶら下げた女性が舞台に上がり、注意事項なども含めた説明を始めた。内容は、返信メールに書いてあったことが主で、それ以外ではネタ合わせの禁止場所や、お客さんを呼んでいる場合のチケットバックのこととか、出番じゃない時間は客席で観覧していいとか。てことは、お客さんはそんなに入らないのか。

「それでは、よろしくお願いします」

女性スタッフさんの説明が終わるやいなや、芸人さんたちがものすごい勢いで楽屋に向かっていく。一瞬戸惑ったけど、コントの場合はステージ上の別のスタッフさんに伝えることがあるらしく、全員でその列に並んだ。

「すみません、初めてなので何をお伝えしていいかわからないです」

私たちの番になって、まずそう伝えた。

「ではまず、グループ名からお願いします」

バインダーを携えた女性のスタッフさんは面倒臭がることもなく、優しい口調で接してくれた。私たちが高校生だからか、とても親切だ。

「音響は使われますか？」

「今日は使わないですけど、使う場合はどうするんですか？」

「CDをお預かりして、音出しのタイミングを伝えてもらうか、台本をお借りすることになります」

「ぶっつけ本番なのかよ」

脇で聞いていた海斗が、眉を曇らせた。

「照明は、演目中の転換はありますか？」

「今日はないですけど、これもある時はタイミングを伝えるんですか？」

「そうです。明転は板付きですか？」

「三人とも板付きです」

演劇をやっていなかったらわからなかったであろう専門用語が、普通に飛び交う。

開演時に照明がついて明るくなる〝明転〟。その時に演者が舞台上に立っている〝板付き〟。早速、演劇経験が役に立ったような気がして、ちょっと嬉しい。

「暗転は？」

「全員がハケてです。全員がハケるシーンはほかにありませんから」

今回のネタはわかりやすい。ラストは三人で退場して終わるから。でも、そうじゃない時は、タイミング伝えるの難しくないかな。

「貸し出しはありますか？」

「机と椅子を、それぞれ二つお願いします」

「設置は中央でいいですか？」

「大丈夫です」

やり取りは以上だった。お互い「よろしくお願いします」と挨拶して、私たちはこの場をあとにした。後ろにはまだたくさんの芸人さんが並んでいる。時間を取っちゃって申し訳ない気がした。

舞台袖から舞台裏を抜けると、楽屋があった。広さは学校の教室の三分の一くらい。長テーブルとパイプ椅子が並べてあるけど、六十組も入れないでしょ。

「とりあえず、場所を確保しな。テーブルはもう埋まっちゃったから椅子を」

小柄な男性芸人さんが教えてくれた。説明を受け終えたあとに急いで楽屋に向かったのは、場所を確保するためだったのか。

壁際に並べられたパイプ椅子がまだ空いていたから、私たちはそこに荷物を置いた。

「ひょっとしてリアル高校生？」

小柄な男性芸人さんは、海斗と美月の制服を指差していた。

「はい、よろしくお願いします」

「スタッフさんとの打ち合わせは一人でできるから、ほかの人が先に場所取りしたほうがいいよ。僕は〝ペットボトルくん〟っていうピン芸人。聞いたことないだろうけど、よろしく」

申し訳ないけど、聞いたことがない。ペットボトルを使った芸をするのだろうか。

「横浜青葉演劇部といいます」

「一ブロックの十五番目だね。それが香盤表」

ステージ上を映すモニターの下に、香盤表が貼り出されていた。六十組が三つのブロックに分けられている。ブロックとブロックの間には〝中MC〟との表記があるから、MC担当の芸人さんが仕切り直しをするのだろう。

「開演は十二時二十分だし、十五番目なら三十分以上あるから、着替えとネタ合わせを済ませて戻ってくれれば大丈夫だよ。貴重品じゃないものを置いていけば、席は取られないから」

ペットボトルくんは、親切丁寧に教えてくれた。これも私たちが高校生だからか。

いや、芸人さんて、こういう気遣いのできる人が多いのかも。

今が十二時ちょうど。私たちはペットボトルくんにお礼を言って、楽屋のバックドアから外に出た。着替えは済ませてあるので、窮屈な楽屋にいる必要はなさそうだ。

「ステージリハはないわけ？」

美月が不満そうに眉を吊り上げた。

「みたいだね。事前にステージに立たずに本番なんて演劇ではありえないけど、そういうものだと思ってやるしかないね」

声の通り方とか、どれくらい反響する劇場なのかとか、そういう感覚を得られないままステージに上がるのは不安でしかないけど。

「外でネタ合わせって言ってたけどよお、もう場所ねえじゃん」

海斗の視線を追うと、向かいのビルの植え込み前に、ずらりと芸人さんたちが並んでいた。漫才のコンビが多いのか、スーツっぽいのを着た二人組がネタ合わせをしている姿が目立つ。

「この先に公園がある。ネタ合わせなら、そこでできる。ついてこい」

「竹村先生！」

低音の聞き慣れた声に反応して、大きな声を出してしまった。柔道着か部屋着のジャージしか見たことのなかった竹村先生が、今はデニムにポロシャツというカジュアルな格好をしている。

「本当に見に来てくれたんですね」

「ああ」

言葉は少なかったけど、弟子への愛みたいなのはちゃんと伝わってきた。

海斗が「フサちゃんは？」と聞いていたけど、どうしても実家に行かなければならない用事があって、今日は来られないとのことだった。

海斗が残念そうにしているからか、竹村先生はより詳しく教えてくれた。フサエさんのお父さんは介護が必要な状態で、それを受け負っている兄夫婦を助けるために、定期的に実家に帰っているとのことだった。

そんななかで私たちのことを気遣ってくれるフサエさんにも、感謝の気持ちでいっぱいだ。

「先生よお、初舞台直前の俺たちに、何か助言はねえのかよ？」

先頭を歩く竹村先生の背中に、海斗が声をかけた。

「ここで技術的なことを言っても今さらだろ」

振り返らずに言う竹村先生に従う形で、私たちは一列になってビル沿いの緩やかな坂道を上った。

「照明も音響も、さっきの打ち合わせみたいなやつでざっくり伝えて終わりなわけ？

そんなの可能なの?」

歩きながら、美月が険しい声音で言った。ステージリハがないことも含めて、彼女としては、腑に落ちないことだらけなのだろう。

「そういうことも全部、今日は慣れる場にしてこい。ほら、あの公園だ」

竹村先生が案内してくれたのは、遊具の少ない運動場のような公園だった。すでに数組の芸人さんたちがいて、ネタ合わせをしている。場所はまだ充分にある。てか、歌舞伎町の中にこんな公園があることに違和感を覚える。何事も、自分の目で見てみないとわからないものだね。


十三時ちょっと前に、楽屋に戻った。客席に向かった竹村先生はずっと一緒にいてくれたけど、具体的な指導を挟んでくれることはなかった。まずはとにかく、今日の舞台を経験してこいというメッセージなのだろう。

出番を終えた人は帰っていいはずなのに、楽屋内は混雑したままだ。

「今、何番目が出てるんだ?」

海斗が聞いてきたけど、私に聞かれてもわかるわけがない。ステージ上を映すモニターは無音で、センターマイクに向かう漫才コンビの姿を映している。でも、知らない芸人さんだ。

香盤表を見やると、手書きで修正されている。キャンセルもいれば、出順が変わっている人もいる。何もわからない。ここにいればスタッフさんが呼びに来てくれるのか。それとも、自分たちの判断で舞台袖まで行くのか。

胸の中に暗雲のような不安が広がっていく。手汗をかいていることに気づいた。

「今はここ、十番目。あと二組出たら、袖で控えたほうがいいよ」

ペットボトルくんが、香盤表を指差しながら教えてくれた。この人は救世主なのか。でも気のせいか、さっきより表情が暗い気がする。

「お客さんは、いつもより入ってるよ。僕はただスベリだったけど」

苦笑いを浮かべたペットボトルくんは、帰り支度をしていた。リュックサックに何かを詰め込んでいて、でもペットボトルは見当たらない。芸風は謎のまま、彼は退室していった。

急に緊張感が増してきた。心臓の音が頭に響く。

楽屋内でネタ合わせをしている芸人さんもいる。大丈夫、私たちは準備万端だ。今さらジタバタすることはない。

「そろそろ行こうか」

海斗と美月が無言で頷いた。凛々しさに満ちた、いい顔をしている。緊張がマックスになるこの瞬間、私は嫌いじゃない。

上手側の袖に行くと、かなり混雑していた。ここに居座って舞台を見ている芸人さんが何人もいるようだ。

「横浜青葉演劇部さんですね。次の次です」

スタッフさんに促されて、次の出番らしい男性コンビの後ろに並んだ。

小さく深呼吸をする。海斗はいつもどおり飄々としていて、美月は目を閉じて集中力を高めている。またこの二人と舞台に立てる。もう二度とできないと思っていたことが今、現実になろうとしている。これで脚本を杏が書いてくれていたら、私の夢は叶っちゃうわけだけど、今はそこまでの贅沢は我慢して、この幸せを噛みしめたい。

前の男性コンビは漫才のようで、明転と同時にセンターマイクに向かって飛び出していった。いよいよ次が私たちってなったところで、混雑している袖にさらに芸人さんたちが集まりだした。

「みんな、君たちを見たいんだよ」

後ろに並んでいる年配の男性芸人さんが、優しい笑顔を見せた。

「転校生が来たみたいな感じになってんじゃねえか」

「みたいだね」

海斗と一言交わしたところで、前のコンビの漫才が終わって、舞台が暗転した。袖にいたスタッフさんがセンターマイクを片付けて、私たちが使う机と椅子をセットしてくれている。私たちも立ち位置に向かおうと……。ちょっと待ってよ、暗転てこんなに暗いの？

「やべえ、見えねえじゃん」

海斗も同じことを思ったらしく、すり足のような歩き方で舞台に出ていくのがわかった。

演劇の暗転とは明らかに違う。本当の真っ暗だ。スタッフさんの動きもわからないし、何より、自分の立ち位置が定められない。早く下手寄りに立たないと。

焦燥感に駆られて、動悸が耐えられないくらいに高まっている。

「横浜青葉演劇部！」

明転して、眩しすぎる光に包まれる。客席が見えないレベルの照明に戸惑いながら、舞台上を確認する。美月が気だるそうに席に着き、その横の席にはうっとりと彼女を見つめる海斗がいる。二人は問題ない。でも、私の立ち位置が二人と近過ぎる。だけどもう、このままやるしかない。

「新倉さんとの進路面談に、なぜ岡崎くんがいるのかな？」

大丈夫、声は出た。声の通りはすごくいい劇場だ。

「こいつはあたしのストーカーだから、あたしの将来は自分の将来に関わることだと思ってるみたい」

さすが美月、私の声の通り方を見て、トーンを少し落としたのかな。

「結構なレベルのストーカーだけど、冷静に受け入れちゃってるあなたもすごいわね」

最初の笑いが来た。私の台詞に対してか、海斗の表情の演技か。まだ一言も発していないのに、本当にストーカーをしているのではないかというキモさが海斗には見える。

「新倉さんは将来のことをどう考えてるの？」

「お嫁さんか、ケーキ屋さん」

海斗が嬉しそうに、大袈裟な拍手をする。

「拍手しないっ！」

大きな笑いが来た。大丈夫だ、乗ってきた。

気持ちに余裕が生まれたからか、客席が視界に入った。前のほうはまばらで、後列は埋まっている。出番じゃない演者は客席で観覧していいってことだから、後列は芸人さんたちかもしれない。中段の中央付近には、竹村先生の姿を視認できた。

「子供じゃないんだから、もっと現実的に将来を考えないと」

「僕は医者になります」

「あんたに聞いてないっ！」

また笑いが来た。気持ちいい。さっきまでの緊張が、高揚に変わっていく。

この調子で、終盤まで狙ったとおりのところで笑いが来た。さあ、このままラストまで走り抜けるよ。

「日本一のキャバ嬢に、あたしはなる！」

「海賊王に、俺はなる！　みたいな言い方しないでっ！」

「日本一貢ぐ医者に、僕はなる！」

「あんたは帰れっ！　勉強してる暇があったら、正しい恋の仕方を学べっ！」

「そうと決まれば、キャバクラの面接受けに行かなきゃ」

「送迎のお車を用意しますね」

「どんな立ち位置よっ！」

「ほら、先生もついてきて」

二人に連れ出されるように、下手に向かう。

「なんで先生がついてかなきゃならないのよ？」

「先生も面接受けるの。現役教師のキャバ嬢なんて新しいじゃん」

「懲戒免職っ！」

このまま下手にハケて暗転。小さな劇場に、笑いと拍手がこだましている。

熱に浮かされたような興奮で、全身が満たされていた。

楽屋に戻ると、海斗も美月も満足そうに頬を綻ばせていた。楽屋の混雑ぶりは相変わらずだったから、二人と話したい気持ちを抑え、とりあえず外に出ることにした。着替えはないから、荷物だけまとめ始めた。

挨拶だけはちゃんとしていきたいんだけど、誰にすればいいのだろう。スタッフさんは楽屋にいない。辺りを見渡すと、MCを担当している男性の芸人さんがステージ寄りの席に座っているのを認めた。テレビでも見たことのある、歌ネタに定評のあるイケメンコンビだ。私たちは、三人揃ってそちらに向かった。

「お疲れさまです。お先に失礼します」

「よかったよ、またぜひ参加して」

テレビに出ている人なのに偉ぶったところもなく、優しい方たちだった。

出口に向かう途中も、たくさんの芸人さんがねぎらいの声をかけてくれた。バトルライブっていうから、もっとピリピリしているのかと思ったけど全然違った。

楽屋裏口から外に出ると、夏を予感させる強烈な陽射しが私たちを迎えた。肌が汗ばんでいるけど、これは興奮のせいだろう。

「よっしゃー」

海斗がハイタッチしてきた。美月とは握手を交わした。

「劇場が狭い分、お客さんのリアクションがわかりやすくて、あたし的にはやりやすかったわ」

「俺もだな。笑い声がすぐそこから来てる感じがたまらなかったぜ」

美月も海斗も、上機嫌だ。だからってわけじゃないけど、ここで個人的な反省点を伝えておく。

「二人に助けられたよ。暗転が思いのほか暗くて、明転したら立ち位置おかしくて動揺しちゃった」

「第一声がちゃんと出たんだし、それはいいでしょ」

「なんか近えなとは思ったけどな」

二人が笑ってくれたから、私も反省しながら笑った。

「出番後にテンションが上がるのはわかるが、少し落ち着け」

竹村先生がやってきて、たしなめるような口調で言ってきた。

「先生よお、俺たちどうだったよ？」

海斗は、上機嫌を顔に出したままだ。気持ちはわからなくないけど。

「初舞台にしては、堂々としてたな。演劇の経験が生きてるんだろうな」

「そりゃそうだ。俺たちはもっと大きな舞台に、何度も立ってきたんだぜ。なあ風里？」

それはまあ、そのとおりだ。でも今私が聞きたいのは、そういうことじゃない。

「先生、具体的なダメ出しをしてもらえませんか？」

「おい風里、これだけウケたんだからいいじゃんかよ」

「よくないよ。改善すべき点はきちんと直さないと、成長しないから」

私だって本当は、この昂揚感をもう少し味わっていたいし、今はただただ褒めてもらいたい。でもそれじゃあ、だめなんだ。演劇の時だって、そうだった。厳しくしてもらった時に、私は成長したのがわかるから。

それに、楽屋や袖で控えている時に聞いた笑い声。プロの芸人さんたちはもっと大きな、もっと分厚い笑いを取っていた。相対評価をすれば、私たちはまだまだだ。そしてその差こそが、私たちがまだ解決できていない何かなんだと思う。

「あたしも風里に同意。ダメ出しを聞きたい」

美月もこっちに付いてくれたから、海斗がこれ以上反論してくることはなかった。

「そうだな。細かい点どうこうっていうよりも、おまえたちを初めて見た時から感じている――」

「おいおい、小劇場の前でバカ騒ぎしてる無名芸人がいるかと思ったら、ガキどもとその保護者か？　こりゃあ、傑作だ」

嫌味ったらしい声が、私たちの会話を遮った。

「しかも師匠面してる保護者の大男は、お笑い界から逃げ出した元メガトンキッスの竹村じゃねえか。まだこの世界に未練があったとは、おまえたちのどんなネタよりもおもしれえじゃねえか」

小太りのアフロヘアが、皮肉めいた笑い声を上げた。それに追随するように、脇にいる彫りの深い外国人顔の男が引き笑いをする。

この人たち……。

テレビで見ない日はないくらいだし、今や国民行事とまで言われるようになったＭＪ１グランプリの去年のチャンピオンだから、知らない人のほうが少ないだろう。

海斗は眉を顰めて、目の前の男たちに鋭い視線を送っていた。

「〝バベットビート〟じゃねえか」

以前に読んだネットニュースの記憶が、頭の中で呼び起こされる。吉川興業所属、ボケの小太りアフロ、長尾駿と、ツッコミの外国人顔、堀田智也。歳はたしか三十一歳。小学校からの同級生コンビで、高校卒業後に養成所に入って、若い頃から頭角を現し、ついに去年の十二月、ＭＪ１グランプリで優勝。その後、長尾さんのほうは今年二月の、ピン芸日本一を決めるＲＪ１グランプリでも優勝している。私は記憶力には絶対の自信があるから、まず間違っていないだろう。

「いきなりなんだよ。先生にイチャモンつけてんじゃねえよ！　さすが海斗！　相手が有名人でもスタンスは変えない。時にはこれがカオスの呼び水になったりするんだけど、今は長所と認定してあげよう。

「生意気なガキだな。おい、先生なんて呼ばれてやがるお師匠さんよお、弟子の教育がなってないんじゃないか？」

長尾さんの発言を受けて、また堀田さんが引き笑いをする。そんなテレビで見慣れた芸風は、今ばかりは腹立たしさしか感じない。

「オレにかまうな。おまえたちも劇場出番があるんじゃないのか。さっさと行けよ」

竹村先生は、煩わしそうにそっぽを向いている。

「冗談よしてくれよ。この界隈の小劇場に、ＭＪ１チャンピオンが立つわけないだろ。引退しちまうと、そんなこともわからなくなっちまうのか。哀れだな」

「ロケみたいだね」

私の耳元で囁いた美月の視線を追うと、少し離れたところにロケ隊らしき人たちの姿が見えた。

「まあ、せいぜい頑張れや。現役時代はぱっとしなかったお師匠さん」

長尾さんが竹村先生の肩をポンと叩き、堀田さんが気持ちの悪い笑い声を上げて、嫌味な男たちが立ち去った。

こんな人たちだとは思わなかった。テレビで見ている限りでは、こういう一面はまったく見られない。少し、怖くなった。

「オレは先に帰る」

込み上げてくるものに耐えるような表情を浮かべて、竹村先生が去っていく。

「なんだよ、あいつら。今から追いかけてぶっ飛ばして――」

「横浜青葉演劇部ってのは、あんたたち？」

いきり立つ海斗の言葉を、若い女性の声が遮った。

今度は誰よ？

重苦しくなった胸をさすりながら、声の主を確認する。

セーラー服を着た小柄な、おそらく同い年くらい。ボブカットで鷲鼻、黒縁メガネの奥の釣り上がった目。一見、オタク系の〝陰キャ〟だけど、気は強そう。そして、どこかで見た覚えがある。

「誰だ、おまえ？」

バベットビートとの一件もあってか、海斗の声には鋭利な響きがあった。

「申し訳ない。相方が失礼しました」

慌てた様子で声をかけてきた学ラン姿の男のほうも、たぶん同い年くらい。清潔感のある短髪、スマートな体型、柔和な顔で控えめな印象だ。

「僕たちは〝わんぱくディッカー〟といって、僕が平川雄輔（ひらかわゆうすけ）、こっちが浜野（はまの）カコ。君たちと同じ高三だよ」

海斗はまだわからないようだけど、私は記憶のページを探り当てた。テレビの特集番組で取り上げられていたのを、たまたま見た覚えがある。

「お笑いやってるくせに、わんぱくディッカーを知らないの？　去年の漫才ハイスクールグランプリの優勝コンビなんだけど」

「自分で言っちゃうのは、ダサいからやめようよ」

息はぴったり。カコさんの一言を追うように、平川くんが漫才のようなテンポで話す。

「あなたたちもゲレランステージに出るの？」

「一緒にしないでよ。カコたちは、この次の時間のもっと大きなライブ。ギャラの発生する仕事」

私の問いかけに、カコさんが見下したような目をして見てきた。さすがにちょっとイラッときて、でもそれは私だけじゃなさそうだ。

「おまえ、喧嘩売ってんのか？　俺たちになんの用だよ？」

海斗が燃えるような目つきで突っかかると、両手を突き出して平川くんが制してきた。

「そんなつもりじゃないから。僕たちはアイプロに所属してるんだけど、もともとは役者志望だったんだ。事務所の方針で勉強も兼ねて漫才を始めたんだけど、二人とも子役出身だから、どうしても挨拶しておきたくてね。まさか、こんなところで会えると思ってなかったから」

「カコも挨拶したいだけ。子役時代は雲の上の存在だった新倉美月様に。あの頃はほかの子役のことを、ずいぶん見下してくれたわよね。見下される気分はどう?」

怨念の籠もったようなカコさんの目が、真っ直ぐに美月を捉えている。

なんなのよ、この展開は。

胸の奥のほうがざらついて、嫌な感覚が襲ってくる。

「やっぱり喧嘩売ってんじゃねえか、おまえたち」

「海斗、やめよう。美月も行こう」

いきり立つ海斗をなだめ、彫刻のように固まっている美月の腕を取って、私はこの場を立ち去ろうとした。とにかく、ここにいちゃだめだ。

「そうじゃないんだ。こっちが本題だから聞いてほしい」

両手を振って、平川くんが私たちの進路を塞いだ。

「君たちはエンペラーオブコントに出るつもりなんだろ? 僕たちも賞レースの二冠

目を狙って出るから」

「そんな報告いらねえよ！　勝手に出ろよ！」

もうこれ以上、海斗を煽らないでよ。手がつけられなくなっちゃうから。

「話は最後まで聞いてほしい。僕たちは事務所を通して作家をつけることにしたから、それだけ言っておこうと思って。ほら、友達なんだろ？　ちゃんと挨拶しないと」

平川くんが声のトーンを上げて、手招きした。

え？　嘘でしょ……。

心拍が加速度的に速まって、内臓に寒気が走った。

現れたのは、杏だった。

「フサちゃん、俺は麦茶じゃなくてレッドブルにしてくれよ」

「あたしは黒ウーロン茶」

「ちょっと二人とも、少しは遠慮しなよ」

私だって、本当は熱いお茶が飲みたいんだから。

竹村家のリビングルームで、私たち三人はソファを占領していた。

「レッドブルと黒ウーロン茶？　コーラと普通のウーロン茶で我慢しなって。どうせまた夕飯食べてくんでしょ？」

コーラと普通のウーロン茶は三五〇ミリリットルのペットボトルがあるらしく、フサエさんが冷蔵庫から持ってきた。ダイニングからは椅子を持ってきて、彼女は私たちと向き合うように腰を下ろした。

午後四時過ぎ。夕飯にはまだ早い。フサエさんも少し前に実家での用事を済ませて帰宅したらしいから、一息つきたいのだろう。

「密度の濃い一日だったみたいじゃん」

フサエさんが送る視線の先で、竹村先生は襖側のテレビ前に敷かれた座布団の上であぐらをかいていた。テレビはつけず、缶ビールに口をつけ、静かに目を閉じている。休日は一杯やるのが恒例らしいんだけど、おいしく飲めているかは疑問だ。

「ウチから聞きたいこともあるし、あんたたちからの報告もあるだろうし、話が山積みじゃん。でもまずは、ウチの旦那の件から片付けようかな。よりにもよって、因縁のバベットビートと再会するなんて、まったく持ってるんだか、持ってないんだか」

「オレの話はいいから、ほかの話を聞いてやってくれ」

竹村先生はこちらに顔を向けず、黙々と缶ビールを飲んでいる。

「この話を片付けないと、この子たちだって集中して話せないじゃん」

フサエさんの言葉を受けて、竹村先生が大きな溜息をついた。

「ウチだって鬼じゃないから、あんたの口から話せとは言わないから。ウチが話すけど、いいでしょ？」

「ああ」

竹村先生は頷いてから、呷るように缶ビールを口にしていた。

そんなに重たい話なら無理して話してくれなくても……、いや、でも、やっぱり知りたい。これからもお世話になる竹村先生だからこそ。

「バベットビートは事務所こそ違うけど、ウチらメガトンキッスとは同期なの。向こうは高校を卒業してすぐ養成所に入ってるから、大学を卒業して入ったウチらとは歳が違うけど、お笑いの世界は芸歴がすべてだから。お互い漫才をメインに活動してたから、営業にしてもテレビのオーディションにしても、よく一緒になったんだよね」

以前に聞いた話で、メガトンキッスは事務所の同期の中では一番二番を争うほどだったとのことだから、事務所のエース同士でライバル関係だったということだろうか。

「台場テレビの『NEW WAVE GENERATION』て番組は知ってる？深夜だから見たことないかもね」

「知ってます。若手の芸人さん四、五組が集まって、コントとかいろんな企画をやってる番組ですよね？」

たしかレギュラー放送じゃなくて、半年やって半年休むくらいのスパンだった気がする。眠れない夜に、六法全書を朗読しながら見たりしたこともある。

「あれって定期的に芸人が入れ代わってくんだけど、テレビで活躍するための登竜門的な番組なんだよね」

それは素人目にも明らかだ。あの番組出身の芸人さんたちが、今のバラエティ番組を席巻しているのは間違いない。

「その新メンバー選抜のオーディションに——」

「オレたちも出てたんだよ。しかも最終オーディションまで残った」

竹村先生は飲み干したらしきビールの缶を、片手で握り潰していた。

「話したいなら、最初からあんたが話せばいいじゃん」

そんなフサエさんの苦言を受け流して、竹村先生が続けた。

「最終に残った芸人は、オレたちを含めて四組。その中には、バベットビートもいた。ちょうどその頃、ある一件が尾を引いて、バベットビートはオレたちメガトンキッスを目の敵にしてやがったんだ」

「嫌がらせのようなことも、腐るほどされたよね。あいつらはすでに固定ファンがいたから、そのファンを使ってウチらの営業出番では絶対に笑わないようにするとか。ウチらのファンに喧嘩売って、わざと揉め事起こしたりとか。まともにネタをさせてもらえないこともよくあったんだよね」

いつも明るいフサエさんの顔に、暗い影が差している。

「そんな時期に、そのオーディションでは最終的にあいつらが選ばれて、オレたちは負けた。俺たちを負かして調子に乗ったあいつらは、見る見る天狗になっていった」

竹村先生が、奥歯を噛むのがわかった。二本目の缶ビールを一口飲むと、何かを考え込むように目を閉じた。

竹村先生がそれ以上話しそうもないからか、フサエさんが言葉を継いだ。

「ほんとにわかりやすいほど変わっていったわ、あいつら。営業で一緒になった時には、ウチらを含めたほかの芸人たちを小馬鹿にするようなスタンスを取るようになったし。もちろんそれで笑いが生まれるなら大歓迎なんだけど、そういう感じじゃなかったんだよね。お客さん、引いてたから」

今日の彼らを見ていなかったら、たぶん想像がつかなかっただろう。でも、今ならわかる。あの二人がどれだけ最低かということが。

「それである営業の時、あいつらがウチの容姿を過度にいじってきたわけよ。あれは完全に笑いのためじゃなくて、単にいたぶってるって感じだった。それで旦那がキレちゃってね。舞台上で、あの二人を投げ飛ばしちゃったわけよ。ほら、この人強いから」

めちゃくちゃ見たかった。野性の熊は投げてなくても、バベットビートは投げてたんだね。

「今思えば、あれが転機だったのかな。事務所のお偉いさんや、お世話になってたイベンターの人からめちゃくちゃ怒られたし、ウチらの仕事はどんどん減っていった。逆にバベットビートはその一件もネタにして、スター街道をまっしぐらってわけ。だからウチら、特に旦那にとっては因縁極まりない相手なわけよ」

「でもよお、そのオーディションの前から、あいつらは先生たちのことを目の敵にしてたんだろ？　何かしたのか？」

「もういいだろ。その話は終わりだ」

海斗の発言をぴしゃりと制した竹村先生に、フサエさんが三缶目のビールを渡していた。

本当にそっちの話は終わりらしく、私たちのほうに話が振られた。

「それで、やってみてどうだったの？」

「そりゃあ、あんだけウケりゃ気持ちいいし、演劇とは違うこともあるけど、やっぱ舞台っていいなって思ったよ」

「海斗の言うとおり、お客さんの笑い声が頭から離れません。初めて尽くしで困惑したこともありますし、うまくいかなかったことは修正しないといけませんけど、楽しかったです」

思いだすと、胸が熱くなる。緊張はしたけど、純粋に楽しかった。

「中毒性があるんだよね。芸人なんて、その笑い声を聞くために生きてるようなもんじゃん」

お笑いの舞台を経験していなかったら、きっとわからなかったと思う。でも今なら、フサエさんの言っている意味がわかる。

「だからこそなんだよ。またやってやろうって思った矢先に杏の奴が……。あいつ、受験のことしか考えてねえと思ったのに、どうなっちまってんだよ!」

海斗が飲み干したコーラのペットボトルを、木製のテーブルに叩きつけた。

「ここで次のエピソードってわけね。ほら海斗、コーラもう一本」

拳を握る海斗に、フサエさんがコーラのペットボトルを掲げて見せた。

本当に驚いた。杏が現れた時には、何がなんだかわからなかった。なんで杏がこんなところにいるの? としか思わなかった。

杏の口から語られた事実、それはアイプロこと相川プロダクションに所属したということ。タレントというより、文化人枠のような所属の仕方で、ドラマや映画の脚本を書かせてもらえると言っていた。

それだけなら理解というか、納得がいったのかもしれないけど……。海斗と同じく、私はまだ整理できていない。ただ、以前に図書室で杏と話した時に、受験以外のことも何か頭にありそうっていうか、いろいろ考えたり、悩んだりしていることがあるんだろうなくらいは感じていた。

「だからってよお、そこの所属芸人のネタを書くなんておかしいだろ。先に誘ったのはこっちなんだし、杏との付き合いだって俺たちのほうが全然長いだろ」

海斗は荒く息を継いでいる。思いだしたことで、また感情が高ぶってきたのだろう。

ふいに、私の中に閃くものがあった。これも図書室で杏と話した時のことだ。お笑いのネタ構成について杏は妙に詳しかった。その理由はこれだったのか。

「あんたたちの気持ちもわからなくはないけどさあ、その杏ちゃんにとってはいい話なんじゃゃないの？　アイプロは大手だし、制作会社とも提携してるわけじゃん」

フサエさんが、興奮した海斗をなだめるように言った。

「だとしてもよお、まずは俺たちが優先だろ」

「それは、おまえが甘い」

竹村先生が断固たる口調で、海斗の発言を抑え込んだ。体を私たちのほうへ向け、鋭い眼光を放ってくる。

「事務所に所属するってのはプロになるってことで、ビジネスの話なんだ。先に誘ったのがどっちとか、付き合いの長さなんて関係ない。それに仕事としてやる以上、自分に都合いいことばかりできるわけがない。事務所から指示された仕事の一つとして、今回の話があったたってだけだ」

　厳しいことを言いながらも、竹村先生の強面の中に、海斗を諭そうとする優しさが見てとれる。海斗に伝わっているかは微妙だけど。

「俺は大人じゃねえから、そんなふうに割り切れねえよ。風里はなんとも思わねえのかよ？」

「思わなくはないけど、杏にとってこれがいいことなのであれば、応援したいと思う。杏も美月と同じくらい大変な思いをしてきたのを知ってるから」

「優等生かよ」

　正論すぎたからか、海斗は言い返すわけではなく、苦り切ってそう言った。

でもそれよりも、美月が気になる。さっきからずっと、一点を見つめたままマネキンのように微動だにしない。

「で、今度は美月の話ってわけね。一回の舞台に出ただけで、あんたたちはいったいいくつのエピソードトークを作ってくるのよ」

　場を和ますためか、フサエさんが冗談めかして言うと、竹村先生があとを引き取った。

「それにしても、わんぱくディッカーか。厄介な奴らに敵視されたもんだな。アイプロがゴリ押ししてるみたいだしな。オレと同世代の中堅芸人たちは、ブーブー言ってるだろうな」

「実際おもしろいじゃん、あの子たちの漫才。動画で見たよ。全盛期のウチらよりウケてたし、そのうちテレビにもバンバン出てくるんじゃないかな」

フサエさんも缶ビールを持ってきて、私たちの正面に座って飲みだした。

「さぞや有名な作家にネタを書いてもらってるんだろ。コントはその杏て子に書かせて、結果を出したところで名前を表に出せば、杏が書いたドラマや映画のプロモーションにもなる。大手のやりそうなことだ」

竹村先生の声は苦り切っていた。

大人の事情とか、ビジネスの話って言われちゃうと理解しがたい。でも結果として杏がハッピーなのであれば、それが正解のような気がする。

「敵視って言うけどよお、子役時代に売れなかった腹いせに、売れっ子だった美月に嫉妬してるだけだろ。別に美月が何かしたってわけじゃねえし」

「したの」

無言を貫いていた美月が、緊張を孕んだ声でしゃべりだした。

「子役が売れるとどうなると思う？　間違いなく、天狗になるから。そりゃそうよね、大人たちが必死に走り回ってる中、ご機嫌取られて、なんでも買ってもらえて、やりたい放題できるんだから。自分は偉いんだって思っちゃうわよ、子供なんだもん。その結果、売れてない子役を見下したり、罵ったりもする。あたしの場合、母親のほうが酷かったけど」

「美月、いいよ、お母さんの話は」

本題からずれてきたし、何も今その話を持ち出さなくてもいい気がする。

「そうやって腫れ物に触るみたいな対応をするでしょ、もうそういうのもうんざり。せっかく竹村先生もフサエさんもいるんだし、ここで話させてよ」

そんなふうに思っていたのか。私にとっての気遣いは、彼女にとっては重荷だったってこと？

胸に強烈な一撃を喰らった気がした。大きな穴が空いて、冷たい風が吹き抜けていくようで、私は俯いた。

「竹村先生とフサエさん、あたしの新倉美月って名前、聞いたことない？　本名で活動してたからわかるでしょ？」

「〝まあちゃん〟よね？」

フサエさんは握っていた缶ビールをテーブルの上に置いて、言葉を継いだ。

「初めて来た時、ウチが気づいて旦那に話した。この人はドラマとかあんまり見ない人だから、なんとなくわかったって感じみたいだったけど」

私が小学校の二年生の時の、大人気ドラマの話だ。国民的な人気を誇るアイドル俳優が初の父親役を演じるってことで、大注目されたドラマ。その娘〝まあちゃん〟を演じたのが、美月だ。この子は私と同い年なのか、すごいなあ、って子供ながらに感心したのを覚えている。

「母親はいわゆるステージママってやつで、どんな現場にも顔を出してた。あたしが売れ始めてからは、事務所の方針や現場での演出にまで口を出すようになった。強引に独立して個人事務所を立ち上げた時、あたしはまだ五年生だった。あからさまに仕事が減ったから何かがおかしいとは思ったけど、流されるままって感じで、ちゃんと事情を把握したのは母親が逮捕された時。あたしは五年生にして、人生終わったんだって思った」

美月のお母さんと、有名俳優との不倫。さらに二人揃って覚醒剤取締法違反で逮捕。小学生の私でも、世間が大騒ぎしているのはわかった。

その後、お父さんが蒸発して、お父さん方のおじいちゃん、おばあちゃんに引き取られた美月が、私と海斗が通う小学校に転校してきたのだ。

有名人だったのが災いして、美月はいじめられた。「まあちゃん」「不倫」「ドラッグ」とか、もっと酷い悪意しか感じない罵詈雑言(ばりぞうごん)を浴びせられていた。

「海斗、あんたにもよくいじめられたよね」

美月が皮肉めいた笑みを見せた。

「俺が、いじめグループのリーダーみたいなもんだったからな」

「堂々と言うなっ！」

私のツッコミで、美月と海斗が笑った。私もつられて笑った。

「おまえたちの中では、笑い話にできるのか。それはすごいじゃないか」

竹村先生は缶ビールを握り締めたまま、ダイニングから椅子を持ってきてフサエさんの横に座り直した。

「なになに、じゃあ聞かせてよ。そんなあんたたちが、どうやって仲良くなったわけよ？」

竹村先生もフサエさんも、ほぼ同時に缶ビールに口をつけた。お酒の肴にしていい話と判断したのだろう。さすが元芸人さん、空気は読んでくれる。

「それは話したくないな。風里がかっこよすぎるから」

「『美月ちゃんをいじめるなっ！』だったよな？」

「やめてよ、恥ずかしいから」

美月がかっこいいと思ってくれていたなんて今初めて知ったし、私の中では恥ずかしいとしか思えない出来事だ。もちろん、私たちの関係の始まりって意味では大切な思い出だし、私たちの友情を映画にするなら、これが『エピソードゼロ』になるんだろうけど。

「いつもどおり俺たちが美月をいじめてたら、襲いかかってきたんすよ、風里が」

結局、話すのね。まあ、いいけど。

「あたしも言ったんだけどね、ほっといてって。あんたも同じ目に遭うよとも」

「『だって美月ちゃんは何も悪くないもん。だからこんなのおかしいよ』って、俺の顔を思いっきり引っ掻きやがったんすよ」

はいはい、私を危ないキレキャラ優等生みたいにしたいわけね。

「少し盛られてる気がするので、私が話します。そうこうあって、五年生が終わる時に、クラスのお楽しみ会があったんです。そこで私は劇をやりたくて、美月と海斗を誘ったんです。二人とも最初は渋ってたんですけど、何かしらの出し物には参加しなきゃいけなかったから、仕方なくって感じで参加してくれて。でもいざやってみたら、やっぱり美月は別次元のすごさで――」

「それよりも驚いたんでしょ、このアホカメレオンに。とんでもない才能を発掘しちゃったって」

私の言葉尻を引っ手繰(たく)って、美月は柔和な顔を見せた。声にも、さっきまでの硬さはない。

「素敵な話じゃん。で、その時の脚本を書いたのが杏ちゃんなわけ？」

「杏とはまだ出会ってないです。あの子は中二の時に転校してきたんで。だからお楽しみ会の脚本は、恥ずかしながら私が書きました」

脚本と呼べるような代物じゃないし、思いだすだけで赤面しちゃうけど、これが始まりなんだなって改めて思う。凡人が、天才たちと出会っていくストーリー。そう考えると、私ってものすごく恵まれてるのかも。

12

五月十八日、月曜日。

エンペラーオブコントの応募規定が、専用ホームページで発表されていることに気づいたのが昼休み。すぐに海斗と美月に伝えると、今日は練習じゃなくてミーティングにしようってことになって、なぜか私の家でやることになった。

「美月ちゃんは黒ウーロン茶で、海斗くんはレッドブルだったわね。これは缶のままでいいのかな?」

「さすが風里のお母さん、美人なだけじゃなくてよくわかってる。缶のままでいいっすよ」

こんな感じになるのがわかっていたから、私の家は嫌だったのに。

「お母さん、そんなに気を使わなくていいから。オレンジジュースとかあるでしょ？　黒ウーロン茶もレッドブルも高いんだから」

海斗のおだてに乗っちゃったお母さんは私の言葉なんて無視して、私たち三人が囲む丸テーブルの上にクッキーを置いていた。

「あたしダイエット中だから、黒ウーロン茶しか飲めないし」

これ以上痩せてどうする気だ、ガリガリになって死んじゃっても知らないから。

「俺はレッドブルじゃないと力が出ないからな」

何に力を出す気？　今日は稽古もないのに。

「てか、なんで私は麦茶なの？　温かいお茶とお煎餅がいいのに」

「わがまま言わないの」

結構、本気で叱られた。意味がわからないんですけど。

「最近は頻繁に集まってるみたいね。何か悪巧みでもしてるのかしら？」

「結果が出たら、おばさんにもいっぱい恩返しすっから」

海斗が親指を立てて、ウインクする。ちょっと、ポッてなっちゃってるお母さんも、二人ともキモいから。

「あらあら、銀行強盗でもする気かしら。捕まらないでね」

「するわけないでしょ！　もういいから、お母さんは出てって」

お母さんの背中を押して、半ば強引に退室させた。

そんなことより、今日は大事な話を進めなきゃならない。エンペラーオブコントのエントリーは、私がすることになったのだ。ゲレンステージの時は言い出しっぺの海斗に任せたわけだけど、本来彼はそういう事務的なことは得意じゃないし、ミスしかねないから。

「応募規定、あたしも読んだけど、エントリー自体は難しいことはなさそうね」

昨日、竹村先生宅で過去を洗いざらいしゃべり尽くしたことで、美月は楽になったようだ。すがすがしい表情からも、それが見てとれる。

「あとで生年月日を一応教えて。それから、所属の欄はアマチュアでいいのかな。事務所に所属してるグループは事務所名ってなってるけど、美月だけだからね」

「グループで所属してるわけじゃないから、それでいいと思う。あたしの事務所は自分で仕事取ってきてもいいって感じだし、その辺は緩いからあたしが出場すること自体は問題ないし」

エントリーに必要な項目が、サクサク埋まりだす。

「あとはグループ名だけだね。二人はどうしたい？」

「このまま〝横浜青葉演劇部〟でよくねえか？　初舞台はうまくいったし、ゲン担ぎってことで」

「あたしもそれでいいわ。それより、レギュレーションのほうが気になったから」

「私も異論はないから、グループ名はこれで決定ね」

こんなにあっさり決まるとは思わなかった。でも私たちがこだわりたいのはそんなところじゃないから、これでいいだろう。もしかしたら、プロの芸人さんはこういうところこそ大事にするのかもしれないけど。

「で、美月がレギュレーションで気になったことって何？」

レギュレーションに関しては、私も数点気になった。でもまずは、この議題を振ってきた美月に聞いてみる。

「演目中の照明転換は一切できないとか、音響を使う場合はオペレーターを連れていくとか、最後は『ありがとうございました』で終わらなきゃいけないとか、いろいろありすぎるでしょ」

「たしかにいろいろありすぎだね。私的には貸し出し備品や、ネタ時間のことも気になったかな。一つずつ解決していこうよ」

「マジかあ、めんどくせえなあ」

海斗がいかにもだるそうに、顔を顰(ひそ)めた。

「大事な話なんだから、ほら、レッドブル飲んで頭働かせてよ」

海斗が握るレッドブルを指差してから、言葉を継いだ。

「じゃあまずは、照明から。演目中の転換はできたらいいね程度だったし、実際ゲレンステージでも使ってないし、これは問題ないんじゃないかな」

「暗転のタイミングはどうするのよ？　全員でハケて暗転だったけど、『ありがとうございました』で終わらなきゃいけないわけでしょ？　世界観壊れるわよね」

美月が、感情を抑えた低い声で言った。冷静に分析して、建設的なミーティングにしようとしているのがわかる。

「レギュレーションには従わざるを得ないから、こっちが調整するしかないよね。ネタ自体は、二人が教師の私を連れ出すくだりを変えるだけで対応できると思うんだけど。ハケようとしないで、そのままラストのやり取りをして、『ありがとうございました』で締めれば済むのかなって。音響についてはちょっと待って、考えたいことがあるから」

この場ですべての答えを見つけなくても、まだ時間はある。特に音響について私が考えていることは、絶対に今話すべきじゃない。

「風里が気になったネタ時間と貸し出し備品ていうのは、どんな点で気になったのよ？」

ありがたい。美月が話を進めてくれた。

「一回戦のネタ時間は二分でなってるけど、二分十五秒で警告音、二分三十秒で強制暗転とも書いてある。これって実際は、二分三十秒やっていいってことなのかな？」

「警告音ていうのが、どの程度の大きさなのかにもよるんじゃないかな。演目とは関係ない音が鳴るって、あたしはかなりヤバい気がするんだけど。お客さんがストーリーから離れちゃうでしょ」

「そうだね、やっぱり二分を基準に作り直したほうがよさそうだね」

美月の真剣さが伝わってくる。彼女は続いて、「貸し出し備品のほうは？」と聞いてきた。

「そっちは、そんなに問題ないと思う。学習机と学習椅子がそれぞれ二つ貸してもらえるってことだから、成立はするよね。私的には教壇か、それに代わるものが何かあるといいなって思ってて、でもないものねだりをしても始まらないから、それはなしでいいよねって話」

美月は頷いて、同意の意を示してくれた。加えて、「あんたは何もないの？」と海斗を煽ってくれた。

「俺は日程のことだな。この再エントリーってシステムがよくわかんねえし」

「ちゃんと読みな。読解力のない役者なんてありえないから」

海斗と美月が睨み合って、不穏な空気が流れだした。幼稚な口喧嘩が始まるとミーティングどころじゃなくなっちゃうから、話を進める。

「私もちゃんと理解したわけじゃないけど、簡単に言えば一回戦専門の敗者復活戦てことだと思う。早めの日程で一回戦を受けて落ちたグループは、もう一度チャレンジできるみたいだね」

「負けなきゃいいわけだろ」

好戦的な態度。美月との一触即発を防いだせいで、海斗の照準が私に向いたらしい。

「海斗の言うとおり、負けなきゃいいんだけど、ちょっと考え方を変えてみない？　私たちにとっては初めての大会だし、わからないことだらけで本来の力を発揮できない可能性だってある。だからリハーサルと本番だと思って、再エントリーまで視野に入れて日程を組んでみない？」

私は二人みたいな天才じゃない。きっとすごい緊張もすると思う。失敗を許してもらえるチャンスがあるのなら、そこまで考えて取り組みたい。もしかしたら、甘いって言われちゃうかもしれないけど。

「風里に同意。ゲレンステージでも暗転の暗さに驚いて、スタート動揺しちゃった人もいるし」

「それ私っ！」

クールな美月が、手を叩いて笑っている。海斗もレッドブルを吹き出していた。ちよっとちょっと、私の部屋を汚さないでよ。

「リハーサルで受かっちまったら儲けもんてことだな」

どうやら、二人とも合意してくれたようだ。

結果、一回戦は六月二十八日の日曜日で申し込むことにした。場所は、新宿の『シアターブラック』という劇場だ。

七月上旬には、期末試験がある。でも試験なんてワードは、二人の口から出てこなかった。私は頭の片隅によぎったけど……。よぎっただけで、口には出さなかった。

13

五月十九日、火曜日。

青葉台の駅前マックは、いつも混んでいる。窮屈そうな外観そのままに、店内もあんまり広くない。しかも夕方のこの時間、客席は制服姿の高校生で溢れ返る。私の学校の制服もチラホラと。もしもみんなが同じ制服を着ていたら、完全に学食だ。

授業が終わるなり、写真部の部室に押しかけた。半ば強引にエントリー用の写真撮影をしてもらった。その後、私たちは自転車に飛び乗って駅前までやってきた。マックに入ってなんとか席を確保して、そう、私たちの三席プラスもう一席。海斗はお腹が減っていたらしく、セットを注文していたけど、私と美月はドリンクだけ。とにかく、準備は整った。

「あたし、憂鬱なんだけど」

私と並んで奥の席についた美月が、顔を顰めた。

「俺も。やっぱほかの人にしねえか？」

私と向かい合う海斗も、渋面を作っている。こうなることは、もちろん想定内だ。

「反論は聞かないから。こんな機会でもないと、海斗も美月も謝らないし」

「まさかすでにアポを取ってるとはね。まったく、やってくれたわね」

観念したのか、美月は薄笑みを見せて黒ウーロン茶をすすった。

「昨日のうちにＬＩＮＥで約束しておいたの。あんたたちに言うと渋ると思ったから、事後報告になっちゃったけど」

「音響を使うにはオペレーターが必要なのは事実だし、ど素人ってわけにもいかないから、人選としては間違ってないわね。まあ、こういうのも風里らしいけど」

褒められてるのか、ディスられてるのか。これも後者だ、絶対そうだ。

「俺、ちょっとトイレ」

「あら海斗、どこ行くのよ？　先輩のお出迎えはないのかしら？」

通路側の席を立とうとした海斗の肩を片手で押さえた声の主は、もう一方の手にトレイを持って、優しい笑みを浮かべていた。

「みんな、久し振り。相変わらず海斗はイケメンだけど、ヤンチャ坊主って感じね。美月は美しさに磨きがかかったわね。風里は……、特に変わってないかな、お団子ヘアのままだしね」

海斗の頭をポンと叩いて、千織先輩はウインクしてみせた。柔和な顔つきも、ぽっちゃり体型も相変わらずで、白いリュックを背負った山吹色のサロペット姿がよく似合っている。くせ毛を一つに束ねた髪型も昔のままで、印象はやっぱり〝お母さん〟だ。

「千織先輩、お久し振りです」

私が立ち上がって挨拶すると、美月と海斗もつられるように席を立った。運動部みたいな強烈な縦社会ではないけど、二学年上の元部長が来てくれたんだから、自然とこうなる。

「ほら、海斗、美月。まずは？」

せっかく立ち上がったのだから、このタイミングがベストだろう。

「先輩、あの時はすみませんでした」

「あ、俺も……、すみませんでした」

よくできました。ちゃんと頭を下げている二人を見て安心したっていうか、それから、時の流れみたいなのも感じて……いやいや、私はおばさんか。

「何よ、それ。ほら、頭上げて。そんなの、もういいから。もしかして、こんなことで呼ばれたの？」

千織先輩は笑みを浮かべながらも、少し面食らっているようだ。

「それだけじゃないです。でもまずは、千織先輩の近況をお聞きしたいです」

四人で立ち続けている姿に、周りの高校生たちが怪しみだしたのがわかったから、とりあえず場を落ち着かせたかった。

「大学生してるわよ」

千織先輩が腰を下ろしてくれたから、私たちも席についた。

「朋明大学の文学部演劇科。サークルにも入って、懲りずに学生演劇を続けてるわよ。よかったら、これ一緒に食べて。ナゲットは十五ピースで買っちゃったし、ポテトはLサイズだから」

こういうところも、昔の千織先輩のままだ。

「あと海斗、謝るのはわたしのほうかも。逆にごめんなさい。今ならわかるから。わたしの脚本、本当にクソみたいだったと思うから」

「い、いや、それは……」

頭を下げる千織先輩に、海斗は困惑しきっている様子だ。でもこれには私も驚いて、胸が痙攣するような感覚を覚えた。

千織先輩が言っているのは間違いなく、海斗のあの発言だ。私たちが高一の秋、県大会で負けた時のこと。海斗はふて腐れて、負けた理由の一つを杏に書かせなかった脚本のせいにして〝クソみてえな脚本〟と罵った。千織先輩の書いた脚本を。

「本当は当時もわかってたの、脚本は杏に書いてもらったほうがいいって。わたしね、高校生の時から毎年欠かさず、『ユースフル脚本大賞』に応募してるの。今年初めて一次選考を通ったわ。笑っちゃうわよね、杏は小学生の時に大賞を取ったっていうのに」

千織先輩の笑みがぎこちない感じになった。自分でもそれに気づいたからか、先輩は口いっぱいにポテトを放り込み、ドリンクの力を借りて胃袋に流し込んでいた。

「わたしのつまらない意地とプライドのせいで、かわいい後輩たちに迷惑をかけるなんて、最低の部長だったと――」

「待ってください。そういう話で先輩をお呼びしたわけじゃないんです」

たまらず、私は千織先輩の言葉尻を引っ手繰った。昨夜のＬＩＮＥでは、どうしてもお会いしてお話ししたいこと、お願いしたいことがあるとだけ伝え、約束を取りつけた。だからここで詳しい話をって思ってたんだけど、想定外の展開になっちゃった。

「そうね、ごめんなさい。わたしにお願いがあるって話だったわね。どんなお願いなのかしら？」

千織先輩の笑顔が元に戻った。これでやっと、あの話ができる。

「俺たち、エンペラーオブコントに出ることにしたんすよ」

これを海斗が言ってくれたらいいなって思っていたら、彼が真剣な表情で伝えてくれた。

「あら、それはびっくりね。ずいぶん思い切ったことをするわね」

そうは言いながらも、千織先輩の目に好奇の光が宿ったのを私は見逃さなかった。案の定、先輩は脚本を見せてと言ってきたので、プリントアウトしたものを手渡した。

「おもしろいわね、配役もいいし」

演劇とコントの違いはあるにしても、脚本を読み慣れている人にこう言ってもらえるのは、単純に嬉しいいし、胸が熱くなる。

「杏が書いたの？」

「私が書きました。杏はちょっといろいろありまして」

顔色に出ちゃったかな。千織先輩が心配そうに、私の顔を覗き込んできた。

「あなたたちも大変みたいね。でもお世辞じゃなく、この脚本はよく書けてると思うわ。誰かに習ったの？」

千織先輩がナゲットを食べるよう勧めてくれたので、お礼を言って一ピースもらった。

「柔道部の嘱託顧問をしてる竹村先生って覚えてますか？」

「素手で熊を倒した人？」

「そっちの噂じゃなくて――」

「ああ！　元芸人って噂だったわね。指導者にも恵まれたわけか、あなたたちラッキーよ」

これはきっと、顧問に恵まれなかった演劇部部長としてのいろいろな気持ちも入っているんだと思う。演劇部が強豪でいられたのは、卒業生たちの自主的な指導の賜物だってことは、ずっと言われてきたことだから。

「それで、私にお願いっていうのは？」

「音響のオペレーターをお願いしたいんです」

「そういう裏方業務って、スタッフさんがやってくれるんじゃないの？　自分たちで手配するなんて大変ね。いいわよ、わたしでよければ喜んで協力させてもらうわ」

ほっとした。千織先輩に断られたら、素人も含めた人選になってしまうところだったから。

オペレーターについては、実は竹村先生が真っ先に頭に浮かんだ。でもすでに柔道部の試合が入っているのがわかり、フサエさんも急に実家に呼ばれることがあるらしく、そこで千織先輩が浮上したってわけだ。

私たちが感謝の意を伝えると、千織先輩は「そんなのいいから食べなさい」とナゲットとポテトを突き出してきた。

「でもあなたたち、ちょっと水を差すようなこと言っちゃうけど、進路は大丈夫なの？」

軽くなった心に、いきなり鉛を落とし込まれた。

「あたしは進学しないんで」

「俺も進学はないっす。フリーターしながらやりたいこと見つけます」

二人は即答だった。まるで、ずっと前から決めていたかのように。

何よ、それ。そんな話、聞いてないよ。卒業後のこと、決まってたんだ。

心の中の鉛は一個じゃなくて、あとからあとから放り込まれていく。

「私は……、まだわからないです」

そう答えるのが精一杯だった。突如として海外での進学なんて選択肢まで出てきて、まあそれはないと思うけど、それならそれで日本に一人残されたあとの生活も考えなくちゃいけないわけで。教室では休み時間に赤本を開く子とかも出てきて、それを見て見ぬ振りをして。私はただただ逃げてきた。

受験か……。

胃がきりきりと痛みだす。

エンペラーオブコントが終わってからでいい。遅いかもしれないけど、私はそれでいい。今考えると、頭が痛くなっちゃうから。

14

六月二十七日、土曜日。

「前日っていっても、意外とすることねえな」

「あっても困るでしょ。あたしたち三人しかいないんだから」

海斗と美月は、それぞれレッドブルと黒ウーロン茶を片手に、立ったまま部室の壁にもたれかかっていた。最後の仕上げをしようってことになって、今日は午後からここに来た。

休みの日なのに部室を選んだのには、理由がある。午前中から正午過ぎまで柔道部が他校を招いて練習試合をしていて、当然、竹村先生もその場に来ている。だから、午後からここに顔を出してくれる。最終調整を竹村先生に見てもらえるのは、本当に心強い。

小雨がぱらついたりやんだりを繰り返して、湿気で前髪がくねってなっちゃう嫌な天気だ。先週くらいに梅雨入りが宣言された。これまで晴れの日も多かったから、やっと梅雨を実感し始めた。明日は晴れの予報だけど、どうなんだろう。

「演劇の大会みたいに搬入準備やゲネプロがあったら、私たちだけじゃ手に負えないよね」

私は椅子に座って、ペットボトルのお茶に口をつけた。真冬に比べるとホットドリンクのバリエーションが減ってしまうのが、とても困る。

それにしても、自分で言って感傷に浸ってしまった。演劇の大会前日の大変さが、昨日のことのように思いだされる。大道具の搬入は力仕事だし、本番と同じ形でやる通し稽古はすごい緊張感で、初めて経験する一年生はプレッシャーに耐えられず倒れちゃったりもする。

「二分だぜ。あっという間だろうな」

海斗は、明日の本番に思いを馳せているみたいだ。

そうだよね、昔を思いだしてる場合じゃないよね。ぬるくなり始めたお茶を、私は一気に飲み干した。

「あたしは、その二分が楽しみでしょうがない。演劇の一時間と比べる話ではないけど、演劇なら台詞が飛んでも、照明やSEをミスっても、大道具や小道具にトラブルが発生しても取り返す時間がある。でも、二分でミスったら致命的。そういう意味では、何十倍もの緊張感の中でやれる」

「ミスなんてしなきゃいいだけだろ」

美月も海斗も、余裕綽々の笑みを浮かべている。この表情を見ているだけで改めて、二人が天才なんだと実感させられる。プレッシャーを感じないわけじゃない、緊張だってしないわけじゃない、でもそういうのも全部、楽しもうとしているのがわかる。とてもじゃないけど、私はそんなふうに思えない。もう今から、心臓の音がちょっとおかしいし。

「美月も海斗も楽しそうで羨ましい」

「あたりめえだろ。勝ち上がったら、とんでもなく大きな舞台でできるんだぞ。決勝は地上波のゴールデン生放送だし、準決勝だって名の知れたでかい劇場みてえだし」

「私は二人みたいに天才じゃないから」

「歌やダンスは、おまえのほうが上だろ」

あれ？　海斗がこんなこと言うの珍しい。私の顔、そんなに落ち込んでる感じに見えちゃったのかな。

「それは、あたしも同意。脚本に入れればよかったのに」

美月にまで気を使わせちゃったかな。なんか、ごめんね。

「海斗と美月が前に出てなんぼのグループなんだから、私はいいよ」

とは言いながらもふと、杏が脚本を書いていたら、私ももっと生かしてくれたかな、なんて思っちゃったりもした。

「さあ、先生が来る前に明日の確認だけしておこう」

気持ちを切り替えて、事務的な話に移る。こういうこともちゃんとやっておかないとだめだし、こういうのを仕切るのが私の仕事だから。

スマホを操作して、エンペラーオブコントのホームページを開く。Eグループ、十三時二十分集合の文字。同じグループのメンバーは十四組。失礼ながら、聞いたことのないグループばかりだ。

「遅刻だけは気をつけようね」

幸い、遅刻魔はいない。演劇部の時はヤバい子が何人かいたけど、この点は海斗も美月もしっかりしているから大丈夫だと思う。

「待たせたな」

出入り口の扉が開き、ジャージ姿の竹村先生が入ってきた。

「先生、遅いっすよ」

海斗の声を合図に、三人揃って竹村先生のもとに歩み寄った。自然と先生を囲むような形になって、少し汗臭い竹村先生が、「いいから稽古を続けろ」と、照れ臭そうに坊主頭を掻く。

初めて会った時は、竹村先生とこんな関係になれるとは思わなかった。本当に熊を倒したんじゃないかってくらいの迫力があって、ただただ怖かった。でも今は心から頼れる、私たちの師匠だ。

「完璧に仕上げてやったから、先生見てくれよ」

そう言う海斗の頭を分厚い手で優しくはたき、「さあ、やってみろ」と言わんばかりの鋭い目をして、竹村先生が椅子に腰かける。

「先生、よろしくお願いします！」

私が一礼すると、二人があとに続く。

竹村先生とフサエさんへの感謝を胸に、私たちは明日、エンペラーオブコントの舞台に立つ。

15

六月二十八日、日曜日。

三人で新宿に到着したのが正午前。梅雨の合間のよく晴れた空。ていうより、今年の梅雨は、本当に雨が少ないみたいだ。おかげで真夏を思わせる太陽が、容赦なく熱線を刺してくる。衣装を着ちゃってるのに、背中が汗ばみ始めた。

私たちは事前に調べておいた靖国通り沿いのカラオケ店に三十分だけ入って、発声練習をした。ゲレランステージで学んだこと、リハーサルがないから発声練習は済ませておく。いい感じの公園があれば外でっていう選択肢もあるんだけど、それが見つかる保証もないし、見つかってもほかの出場者に使われちゃってるかもしれないし、お金はかかっちゃうけどカラオケ店にしようってことになった。

カラオケ店を出たところで、千織先輩と合流した。山吹色のサロペット姿は、制服やスーツ姿の私たちより芸人さんぽいかもしれない。そんな千織先輩と、シアターブラックに向かった。

ゲレランステージの時みたいに竹村先生が来てくれたら心強かったんだけど、柔道部の試合が優先なのは当然だからしょうがない。フサエさんも所用があるとのことで、客席に身内がいない、いわばアウェーの舞台となる。そう言われてみると、演劇の時を含めても、観覧席に身内が全くいないというのは初めてかもしれない。

劇場は事前にグーグルマップで調べていたし、近くまで行くと「ここですよ」と言わんばかりに歩道に列ができていたから、迷うことはなかった。どうやら、外で受付をしているらしい。

ついに来ちゃった。こんなに暑い日に、なぜか体の芯から震えが湧き起こってくる。まだ受付すら済ませていないのに、落ち着け、落ち着け。

外観は、ごく普通の雑居ビル。脇に地下に潜る階段があって、ぱっと見だと音楽系のライブハウスって感じだ。キャパは百四十席ってなっていたから、ゲレランステージで経験したバティモスより一回り広いくらいか。

「おはようございます。こちらの用紙に必要事項を記入してください」

列に並ぶと、エンペラーオブコントのロゴの入ったスタッフTシャツを着た女性が、バインダーで挟まれた用紙と鉛筆を渡してくれた。用紙に目を落とすと、グループ名、メンバー氏名などのほかに、明転時の立ち位置や貸し出し備品の有無、その設置場所、オペレーターの有無、楽曲を使用する場合は曲名と何秒使用するかといった詳細全般の記入が求められていた。どうやらゲレンステージの時に口頭で伝えた段取りを、ここではこの用紙一枚で済ます方式らしい。

受付のスタッフさんに記入した用紙とエントリー料二千円を渡すと、オペレーター分も含めた四人分のエントリーナンバーシールを渡されて、いったん解散だと伝えられた。三十分後に楽屋入りするらしい。

隣のコンビニで時間を潰そうとしたら、代わる代わる出場者たちが入ってきてとても居続けられる感じじゃなかったから、各々ドリンクだけ買って近くの公園に向かった。

運よく日陰のスペースが確保できたけど、それでも暑い。黒ウーロン茶を飲みながら美月は役作りに入っていたし、レッドブルの缶を握る海斗も集中力を高めているみたいだし、話しかけられる空気じゃない。私は緊張を紛らわせようと千織先輩と二言三言交わして、でも先輩も緊張しちゃってて、会話が続かない。結果、私の緊張は増すばかりだ。

時間になって受付に戻ると、階段を下りて楽屋入りするよう指示された。楽屋というよりも、ダンスのレッスンとかができそうなスペース。テーブルや椅子は一切置かれていなくて、板張りの床に場所を確保した出場者たちが銘々勝手に座っている感じだ。私たちも出入り口の一角を確保して、四人で腰を下ろした。

「俺たちのEグループだけじゃなさそうだな」

海斗は辺りを見回しながら、小声で言った。この大部屋がぎゅうぎゅうになっているということは、五十組くらいの出場者が詰め込まれているのではないか。てことは、現在出番中のグループと次とその次くらいまでがいる計算になる。

着替えをしている人もいれば、ほかのコンビと挨拶を交わしている人もいるし、目を閉じて寝ている、わけはないから集中している人もいる。みんなエントリーナンバーシールを胸や脇腹に貼っていて、準備は万端らしい。

ゲレランステージではペットボトルくんが話しかけてくれたし、私たちのことを好奇の目で見てくる人もいたけど、そういう感じもない。肌を切られるようなピリピリした空気、これが賞レースなのか。

「女の人も多いわね」

美月の言うとおり、女性の姿も多く見られる。ゲレランステージの時は二、三人しか見かけなかった。これも賞レースの特徴なのかもしれない。

「Eグループのオペレーターの方は集合してください」

「呼ばれたから行くね。健闘を祈ってるわ」

スタッフさんのあとに続くように、千織先輩が楽屋を出ていった。本番が刻一刻と近づいてるんだなって気がして、心臓が痛くなる。

出入り口を見やると、出番を終えた人たちが数分おきに戻ってくる。がくりと肩を落とす人、満足そうに笑みを見せる人、中にはコンビで言い争いをしちゃってる人もいる。この光景だけで、ドラマができそうだ。

そんな中、あるコンビが戻ってきたところで楽屋全体の空気が一変した。今までとは違った緊張感が、一瞬にして広がった。

楽屋にいる半分くらいの人が立ち上がって、「おはようございます」、「お疲れさまです」などの挨拶をしている。いったい、何事だ。

「おい、あれ」

海斗が眉間に皺を寄せて、二人の男を睨みつけている。竹村先生の因縁の相手、バベットビートだ。

ネットニュースでたまたま目にした記事が頭に浮かぶ。バベットビートがメジャー賞レース三冠目を狙って、エンペラーオブコント出場を決めたとのこと。漫才を主戦場としている二人はエンペラーオブコントは初出場で、シード権がないから一回戦からだとも書いてあった。

「いいか、おまえら、よく聞け！」

長尾さんのほうが、楽屋全体に響くような声を張り上げた。小太りのアフロヘアは先日見た時と何も変わらず、今はグレーのツナギを着て、デッキブラシを持っている。清掃員のコントでもしてきたのだろうか。

「一回戦を勝てないような奴は辞めちまえ。才能ねえから」

長尾さんの暴言を受けて、相方の堀田さんが追随するように笑いだした。彫りの深い外国人顔。ライトグレーのスーツを纏う立ち姿は、外資系企業のサラリーマンといった感じだ。

「おい長尾、ほかの事務所の人もいる場だぞ。わきまえろ」

私たちの少し後ろの辺りから、野太い声が上がった。

「これはこれは、大先輩〝缶詰ヒーロー〟の湯川さんじゃないですか」

長尾さんが嘲るような視線を送った先には、頭のあちこちに白髪の目立つ年配男性コンビがいた。私が小学生の時にリズムネタが大流行した〝缶詰ヒーロー〟、湯川さんと都丸さんだ。あの頃は三十代半ばくらいだったはずだから、今は四十代の半ばか。それにしては、やたらと老けて見える。これまでの苦労がそうさせたのか。何にしてもこの人たちこそ、こんなところで会うなんてって人たちだ。

「あれ、先輩って何年目でしたっけ？　ＭＪ１はもう出れないから、芸歴制限のないエンペラーオブコントですか？　そういうのダサいっすよ。悪あがきって言葉、知ってます？」

長尾さんが、からかうような口調で言った。

「ここは自社劇場でも、事務所ライブでもない。他事務所やアマチュアの方たちに、ご迷惑をおかけするな」

諭すように言う湯川さんの顔には、慈悲の色が浮かんでいた。

「説教ですか？　またあの頃みたいに偉そうに説教垂れて、人生の転落ですか？　冗談じゃない、もうあんなことに巻き込まれるのはまっぴらごめんだ。あんたたちみたいな老いぼれ、くたばっちまえよ。それか子供相手に、あのアホみたいな体操して、なんとか食い繋いでろ！」

いくらなんでも、先輩を馬鹿にしすぎじゃないだろうか。事務所の先輩後輩って、体育会系のような上下関係があるんじゃないの？

「出番終えたなら早く帰れ」

挑発に乗ることもなく、湯川さんがバリトンを響かせた。

「言われなくても帰りますよ、仕事詰まってますし、誰かさんと違って」

無礼極まりない態度、それから竹村先生から聞いた過去の一件を思いだして、無性に腹が立ってきた。売れたら何を言ってもいい、何をしてもいいなんて、そんなのは間違っている。

そんなバベットビートの二人が、肩をそびやかして出口に向かっていく。その途中で、私たちの姿を認めたらしい。偉そうな態度のまま、こちらに向かってきた。わざわざ絡みになんか来なくていいのに。

「おいおい、今度は負け犬メガトンキッス竹村の弟子どもかよ。図体がでかいだけで、笑いのセンスは欠片もないお師匠さんは何してやがるんだ？」

長尾さんが、口の端を歪ませて続けた。

「それにしても、今日は厄日かよ。缶詰ヒーローにメガトンキッスとはな。あの時の胸糞悪い記憶を思いださせやがって」

独り言のようにそう吐き捨てた長尾さんの顔が、直後にぱっと明るくなった。

「おっ！　でもよく見ると、かわいいじゃん。いい思い出作ってけよ」

私たちのもとから立ち去ろうとする際、長尾さんが美月の肩をポンと叩いた。

「気安く触らないで」

「うわ、恐っ！」

美月に手を払われた長尾さんは大袈裟に両手を上げて、おどけた表情を見せている。そんな態度が美月の逆鱗に触れたのは明らかだ。

「決勝まで負けないでよ。大舞台であたしたちが潰してあげるから」

「ちょっと、美月」

一触即発の空気を察して、私はとっさに美月の腕を取った。幸いというか、長尾さんはまともに相手にするつもりはないらしく、余裕の表情で鼻をふんと鳴らしている。そのあとに続くように、一部の芸人さんたちから失笑が漏れているのには、私もイラッときたけど。

「お嬢ちゃん、笑いはあっちで取ってきな」

長尾さんが、舞台の方向を指差した。

「行くよ、美月。海斗も」

ちょうどエントリーナンバーが呼ばれたから、二人の腕を強引に引っ張って、楽屋から連れ出した。海斗まで参戦して大事になりそうだったから、間一髪だ。

「誰も逆らえないような大御所女優になって、絶対あいつら干してやる」

美月の怒りは収まっていないようだけど、もう出番なんだから。

心臓が跳ねるように動いている。脂汗みたいなやつが額から吹き出してきて、滴り落ちるのがわかった。

「集中しよう」

二人にというより、自分に言い聞かせるように呟いた。

舞台裏は意外に広く、人が余裕で行き交うことができるくらいだった。薄暗い中、私たちはエントリーナンバー順に、一列に並ばされた。

私たちより何組か前に並んでいる芸人さんの一人が咳払いをして、それがやたらと響いて、緊張が一気に伝播した。楽屋以上に張り詰めた空気、天敵に怯えながら身を隠す小動物にでもなった気分だ。演劇でも出番前は緊張したけど、違う種類っていうか、たぶんこっちのほうが緊張する。

男性スタッフさんの一人が近づいてきて、貸し出し備品の確認と注意事項を小声で伝えてきた。舞台袖で受け取って自分たちで設置との指示なので、学習机を私と美月が一つずつ持って、海斗が椅子二つを持つことにした。片付けは次のグループがそのまま使うから、残したままハケてくださいと言われた。

「あなた、いい度胸してるわね。やっぱり、若いって素晴らしいね」

私たちの前に並ぶ女の子、赤、緑、黄、青、ピンクのフリフリの衣装を着た五人組。そのうちの赤が美月に話しかけている。小柄だけど、元気いっぱいの笑顔を見せる、ポニーテールが印象的な女性だ。歳は二十歳くらいか、美月みたいな美人とは対照的な、かわいいタイプだ。

「〝センチメンタル★ゾーン〟のマリサです。知ってる？」

「知りません」

美月は、むすっとした顔になった。話しかけるなという意思を表情で伝えちゃうところは彼女らしいけど、あからさますぎるんだよね。

まあでも、この人もさっきの長尾さんと美月の一悶着を見て声をかけてきたんだろうし、美月がこういう子だってのはわかってるだろうから。

「これでもテレビに出たことだってあるし、メジャーデビューも決まってるアイドルグループなんだけどな」

そう言われて、意識の底に埋もれていた記憶の断片が渦を巻き始めた。

テレビで見たのは一度だけ。ネットニュースでは関連記事を何度か読んでいる。千葉を拠点に活動している地域密着型アイドルで、高校の同級生五人組が地下アイドルとしてインディーズで活動していたところ、大手プロダクションの目に留まってメジャーデビューを目指すようになったとか。

進学しないで、アイドルの道を選んだんだよね。それって、五人全員一致だったのかな。一人も反対しなかったの？

自分が受験生だからか、そんな疑問が頭をよぎった。でもだからこそ、彼女たちの必死さは伝わってくる。エンペラーオブコントに出場したのだって、悪く言ってしまえば売名ってことになるんだろうけど、それも必死さの表れだろうし。

ふいに、客席から笑い声が響いてきた。何重にも重なる分厚い笑いだ。どうやら、客席はかなり埋まっているようだ。

「先に謝っておくわね。あなたたちに迷惑をかけちゃうかもしれないから。ごめんなさいね」

マリサさんは、可愛らしくちょこんと頭を下げた。

え？　迷惑ってどういうこと？　次のグループに迷惑をかけるような行為は、レギュレーションで禁止されている。水気や火気を使用したり、食べ物の持ち込みや、ボディペイントなどで舞台を汚す可能性のある行為も。

彼女たち五人の衣装を見る限り、普段本当に使っている衣装で、アイドル役を演じるのだろう。小道具の類いは、見える限りでは持っていないようだ。だからこそ、気になる。

聞いてみようと思ったところで、彼女たちの出番になってしまった。コンサートの時の儀式だろうか。円陣を組んで、片手を差し出して声を出し、テンションを上げている。

舞台が暗転して、彼女たちが出ていって、間もなく明転。

大歓声が轟いた。まだ何もしていないのに、拍手と歓声ですべての音が掻き消されている。

そうか、ファンか。彼女たちのファンで埋まっているのか。

場が落ち着くのをしっかり待って、彼女たちはネタを始めた。この数秒も計算して、ネタ作りをしてきたのだろう。

「厄介な出順になっちまったみてえだな」

大爆笑が響いてきたからか、海斗が渋面を見せた。

「今さらそんなこと言ってもしょうがないから。あたしたちはあたしたちの演技をするだけでしょ」

さすが、美月。長尾さんとのいざこざの影響も感じさせず、落ち着いているのがわかる。

「美月の言うとおりだね。やるべきことをやろう」

握手会のネタを終えたセンチメンタル★ゾーンが「ありがとうございました」で締めると、豪雨に襲われているような万雷の拍手に包まれた。

暗転し、彼女たちがハケていくのがわかった。貸し出し備品を自分たちでセットするからか、ゲレランステージの暗転よりもかなり明るい。

さあ、出番だ！

緊張で押し潰されそうになっている心臓を強めに叩いて、一歩を踏み出す。手汗のせいか、両手で持ち上げた学習机が滑り落ちそうになったけど、なんとか所定の位置にセットして……。

えっ？　これってもしかして……。

胸の奥がドラムのように高鳴り始める。心が急速に冷えていく。

「なんだよ、これ」

海斗も異変を察したようだ。

暗転中でもわかる。客席がざわついている。お客さんが、大移動している。

演劇では、こんなこと絶対にあり得ない。


明転すると、悪い予想が当たった。満席だったはずの客席が、空席だらけだ。通路には、後方の出口に向かう人たちが列をなしている。その列に加わる前の、客席で立ち上がって帰り支度をしている人までいる。キャパ百四十席の半分、いや、それ以上が空いているのがわかる。

「新倉さんとの進路面談に、なぜ岡崎くんがいるのかな？」

ヤバい、声が割れた。私、動揺しちゃってる。

冷たい風のように、足下から不安が這い上がってくる。

「こいつはあたしのストーカーだから――」

でも美月の返しはさすがで、いつも以上に張りのある声を発している。焦ることない、いつもどおりやろうと演技で訴えかけてくる。

ちらりと海斗を見やると、表情が完全に役に染まっていた。彼もまた、普段と変わらない演技を見せようとしている。

大丈夫、問題ない。稽古のとおり、絶対できる。

モチベーションは取り戻した。気持ちが楽になると、演技に余裕が生まれる。テンポが速くなるような、そんな素人みたいなミスもない。

でも……。笑いが来ない。

演技に影響は出していないはずだ。でもやっぱり、胸の中に意味不明の恐怖みたいな感情が広がっていく。

ゲレンステージでは狙ったところすべてで笑いが来たのに、クスクス笑いさえ起こらない。お客さんの表情は……。いや、ごめん、そんな余裕ないわ、私。

それでも美月と海斗という二人の天才のおかげで、心の平静が崩壊するようなことはなかった。いつもの間、いつものテンポでできたと思う。台詞を飛ばしたわけでもないし、一瞬シリアスになる場面と陽気な雰囲気になる場面での音出しも、千織先輩が抜群のタイミングでやってくれた。ゲレンステージの時と比べても遜色ない、いや、レベルアップしたパフォーマンスが見せられたと思う。

でも、笑いが来ない。笑いが来ないんだ。

ネタはラストの、美月と私のかけ合いに進んでいた。

「先生も面接受けるの、現役教師のキャバ嬢なんて新しいじゃん」

「明日クビっ！」

最後に、申し訳程度の笑いが来た。

ネタを終えたことで、急に心が冷め始めた。全身に冷や汗が浮き出ているのがわかる。自分の「ありがとうございました」には、覇気の欠片もなかった。

拍手はまばら。二分をこんなに長く感じたのは初めてだ。

楽屋に戻ると、無言のまま帰り支度を始めた。美月と海斗の顔は見ていない。見るのが恐いし、なんて声をかけていいのかわからない。千織先輩とも合流したけど、彼女の顔もとても見られなかった。

楽屋にいる人たちは、ほとんど入れ代わったみたいだ。出番前に見た人たちの姿はほぼない。そんなはずはないんだけど、みんなが冷たい視線を刺してくるみたいで、高校生がこんなところに来るから酷い目に遭うんだって言われているようで、心臓が張り裂けそうになった。一刻も早く、ここを出たい。

「今にも泣きだしそうな顔しちゃって」

聞き覚えのある声。わんぱくディッカーの浜野カコだ。その後ろには、平川くんと杏の姿もあった。杏もエントリーナンバーシールを胸に貼っているから、オペレーターを頼まれたのか。なんにしても、これから出番なのだろう。

「おまえたちと絡んでる気分じゃねえんだよ」

重く張り詰めた顔。海斗の声には、悲壮感のようなものが漂っていた。

「空調の音でも聞いたみたいね」

「はあ？　空調の音？」

「そんなことも知らないの？　お笑い用語で、空調の音が聞こえるほど静まり返った、つまりスベったってことよ」

これ以上、こんな場所にいたくない。私たちは楽屋から逃げ出し、地獄から這い出すように階段を駆け上がった。

空から熱気が覆い被さってくる。大通りを行き交う車の排気ガスの臭いも届く。何もかもが、不快でしょうがない。

「サークルのミーティングがあるから、わたしはここで失礼するわね」

千織先輩は多くを語らず、「お疲れさま」と優しく言って、この場から離れていった。

その背中に向かって深々と頭を下げながら、私は「ありがとうございました」と言った。美月と海斗は無言のままお辞儀をしていた。

とりあえず青葉台に戻ることにして、駅に着いたのが夕方五時過ぎ。三人とも朝食を食べたきり何も食べてなかったけど、飲食店に入って食事する気にはなれなくて、コンビニで買い物をして田奈山公園に向かうことにした。

日曜だからか、はたまた日が延びたせいか、いや、風が涼しさを運んでくる時刻だからだろう。公園は家族連れで賑わっていた。遊具で遊ぶ子供たちを見守るお父さんやお母さん、広場でボール遊びをしたり、補助輪を外した自転車に乗る練習をしている親子もいる。それでも午後七時を過ぎる頃には日も暮れて、ベンチに座る私たちだけが残される形になった。

海斗はコンビニで買ったカルビ弁当を食べたあと、レッドブルを飲みながらスマホゲームをして時間を潰していた。美月は携帯しているカロリーメイトをワンブロックだけ食べて、黒ウーロン茶を飲みながら動画を見ていた。私は何をしていたか覚えていない。たぶん、ぼうっとしていただけだと思う。とにかく、会話はなかった。

結局二時間半くらいここにいたことになるけど、そういう時間の感覚も失われるほど、私は失意に満ちていた。何もかもを放り出して蹲(うずくま)りたい、そんな気分だ。

午後八時を過ぎたくらいに、ふいに海斗がしゃべりだした。

「出たぞ」

私も美月も、自分のスマホをおもむろに操作した。エンペラーオブコントのホームページに飛び、メニューから『六月二十八日（日）、一回戦通過者』の欄を開く。

動悸が速まっていた。スマホの操作をする手の平が、どんどん汗ばんでいく。ない……か。

横浜青葉演劇部の文字はなかった。

バベットビート、センチメンタル★ゾーンの名前がある。わんぱくディッカーの名前がないことに気づいたけど、今はどうでもいい。

「恥ずかしい。あたし、あいつらにあんなでかい口叩いちゃったのに」

美月が、込み上げてくるものに耐えるような表情を見せた。

「あのアイドルたち、クソみてえなファン集めやがって」

海斗が、ベンチに拳を打ちつけた。

今さら何を言ったって、結果は変わらない。でも、これから何をするかで未来は変えられる。私もまだ、そこまで気持ちの切り替えができたわけじゃない。だけど私が言いださないと、このままネガティブな会話で終わっちゃう気がするから。

「この結果を受け止めたうえで、再エントリー頑張ろうよ。まだ終わったわけじゃないんだから」

「あたしは抜ける」

口をへの字に結んで、美月が立ち上がった。

「美月、それは――」

「あんなマナーの欠片もない客の前でやりたくないから」

私の言葉を遮って、美月はそれだけ告げて帰っていった。

16

六月二十九日、月曜日。

昨日は眠れなかったし、今日の授業は集中できなかった。それでも、立ち止まってはいられない。前に進まなければならない。

そういうわけで、放課後、私は海斗と一緒に美月の教室を訪れた。もちろん、説得するためだ。

「やらないって言ったでしょ」

ちょうど教室から出てきた美月を掴まえて、でも取り付く島もなかった。

廊下の窓から差し込む陽光が、校内にまで熱気を運んでくる。今日もまた、梅雨を感じさせない天気だ。

「運が悪かっただけじゃねえか。出順に恵まれなかったってだけだろ」

幸い、海斗は切り替えができたみたいだ。当然か。言い出しっぺの海斗が美月側にいたら、それはないでしょって話になるし。

「たとえそうだとしても、あたしはもう嫌なの」

「美月の気持ちはわかるけど――」

「わかるなら、好きにさせてよ。事務所から行けって言われてるレッスンもあるし、あたしは暇じゃないの」

困った。説得する術（すべ）がない。

万策尽きて天を仰ぐ私の横で突然、海斗が引きつった声を張り上げた。

「おい杏！　おまえどうしたんだよ、その顔」

切迫した海斗の顔が、事態の深刻さを伝えてくる。

海斗の視線を追うと、私たちの横を杏が通り過ぎようとしていた。

えっ！　その顔……。

あまりのことに、血の気が引いた。杏の顔の一部が腫れ上がっている。左の目尻の辺りから頬に向かって白いガーゼのような傷パッドを貼ってはいるけど、隠しきれていない。そのせいで、杏の愛らしいまん丸の目が、今は切れ長になっている。

「大丈夫です、転んだだけですから」

ただでさえ杏の声は小さいのに、今は消え入りそうなくらいに心細い。

「嘘つくな。転んでこんな腫れ方しねえよ。誰に殴られた？　あいつらか？」

「大丈夫です」

発言に熱が籠もる海斗から逃げだすように、杏がそそくさと立ち去ろうとした。

「杏、待って！」

彼女の進路を塞いで、私は杏を抱きしめた。

「お願い、教えて。誰かにやられたの？」

「風里さんには関係ないです」

杏の小さな体が、小刻みに震えている。罠にかかった小動物みたいに、怯（おび）えているのがわかる。

「関係なくないよ。大切な人を傷つけられて、黙ってられるわけないでしょ」

血圧が上昇していく。もし本当に、誰かが悪意をもって杏を傷つけたのなら、私は絶対に許さない。

「大切な人……ですか。でもわたくしは、風里さんたちを裏切りました」

「私はそんなふうに思ってないから」

「でも……」

杏の瞳は、戸惑うように揺れていた。

「ドラマや映画の脚本、また書かせてもらえるんでしょ？　よかった、また書けるんだね」

杏の両目から、大粒の雨のような涙がこぼれて、傷パッドがそれを受け止めていた。堰き止めていた何かが崩れたのか、杏は顔を両手で覆うと嗚咽を漏らして、背中を激しく上下させて泣きだした。私は彼女が落ち着きを取り戻すまで、小さな体をただただ抱き続けた。

廊下を行き交う生徒たちが、好奇の視線を寄せてくる。見たけりゃ見ればいい。そんな無神経な視線からも、私は杏を守るから。

傷パッドの上に溜まった涙はまだ乾いていなかったけど、杏は話を聞かせてくれた。わんぱくディッカーのカコにやられたということ。わんぱくディッカーが一回戦で落ちたのは、杏の書いた脚本のせいだと言っていきなり殴られたということ。でもその脚本はカコの独断で、杏が書いた状態とは別物というか、原型がないくらいに変えられてしまったことなど。聞いているだけで、胸から蒸気が噴き出しそうになった。

「あの女、とんでもねえな」

海斗も拳を握り締めている。気持ちは一緒のようだ。

私はスマホを操作して、必要な情報を得た。迷いなんて、これっぽっちもない。

「今日は新宿の『ハイギア』って劇場で、事務所ライブに出るみたいだね。よし、行こう」

「そうと決まれば、すぐに向かおうぜ、リーダー」

海斗がブチギレそうな顔をして言った。

「いつからリーダーになったのよ。美月も来てくれるよね？」

「あたしは行かない。レッスンあるし」

「なんだよ、薄情だな」

海斗は不服そうだけど、これは強要することじゃないから。もちろん、ちょっと残念ではある。だけど杏が泣いている間、美月はずっと待っていてくれたから。

私の体の中で、熱い思いが音を立てるのがわかった。


新宿に着いたのは、午後七時頃。ここまで来る途中に、杏から本当にやりたいことや、わんぱくディッカーに言いたいことを聞いていた。その中で、アイプロ入りを決断した経緯も教えてくれた。もちろんそれは、やりたいことができる場だからってことが一番の理由なんだけど、家庭の経済的事情も考えてのことだったようだ。進学にあたっては特待生試験も視野に入れていると以前に聞いていたし、将来を考えるうえでお金の話は切り離せなかったと思うし、杏の葛藤が伝わってきて私は胸の痛みを覚えた。

平日だというのに、この喧騒は新宿ならではだろう。アルタを横目に見て、大ガード方面に進む。ちょうど日が沈んだところで、煌びやかなネオンが目立ち始めていた。

夜の歌舞伎町は恐いイメージしかないから、正面突破はしないようにして、西武新宿線のほうから回り込む形で進むことにした。ゲレンステージで立たせてもらったバティモスの裏手だってことはグーグルマップで調べ済みなので、ハイギアビルまでは迷わずに辿り着けた。

ビルの正面入り口前は広場になっていて、待ち合わせなのか、若者たちがたむろしている。大きな交番と大きな病院が隣接していて、目の前にはビジネスホテルがあって、バティモス側にはラブホテルが並んでいる。こういうところも新宿って感じがする。私たちは制服だし、補導されないようあんまり遅くならないほうがいいかも。

ハイギアビルに入り、常駐しているらしい警備員さんの脇を抜けて、エスカレーターで地下へ向かう。飲食店やネットカフェがあって、正面には釣具屋さんが見えた。そのすぐ隣、地下フロアの一角を占めるように、小劇場ハイギアＶ１があった。

今夜はここで、アイプロの若手芸人さんたちを集めた事務所ライブがおこなわれている。午後六時開演とのことだから、出待ちするしかないと思ってたんだけど、どうやらその必要はなさそうだ。楽屋が小さいのか、演者らしき人たちが劇場の外をウロウロしていて、その中にわんぱくディッカーの二人の姿を見つけた。

海斗が駆け寄るように二人に向かっていったので、私は杏とともにそれを追った。

「外に出てるくらいだから、出番はまだ先だろ？　ちょっと来やがれ」

最初から喧嘩腰。海斗は反論を許さない断固たる口調で言った。普段なら止めるところだけど、今日はこれでいい。

「付き合う理由ないから断る。杏を睨んでいる。ネタ合わせもしたいし」

カコはこの期に及んで、杏を睨んでいる。チクってんじゃねえよ、そんな非難が込められた表情。その視線を遮るように、私は杏の前に立った。彼女を守るのが、私の役目だ。

「いいから来やがれ！　男のほうも来い！」

凄味を利かせた海斗に、これは逃げられないと思ったのか、平川くんがカコの背中に手を添えて、歩を進めるよう促すのが見えた。

出番待ちをしているらしいほかの芸人さんたちが、何事かと好奇の視線を寄せてくるのがわかった。中には平川くんに「どうした？」と声をかけてくる人もいたけど、「大丈夫です」と彼は対応していた。

正面入り口前の広場、その一角で私たちは話をすることにした。交番がすぐ隣にあるし、さすがに海斗も殴りかかったりはしないだろう。

「どういうつもりだ？　杏のこの顔を見て、なんとも思わねえのか？」

鷹のように鋭い海斗の視線が、真っ直ぐにカコを刺している。

「その子の脚本で落ちた。大事な音出しもミスったし」

「だからって、殴っていい理屈にはならねえだろ！」

甘かった。私の想定の遥か上をいって、海斗はいきなりカコの胸倉を掴んで、もう一方の拳を振り上げた。

「ちょっと待って！」

「落ち着いて！」

私の制止と平川くんの声が被って、二人で同時に海斗の左右の腕を掴まえた。

「もういいです。わたくしのために、ありがとうございます」

サラサラと流れるような声。無理しているわけじゃなくて、杏は本当にそう思って発言したのだろう。

「でもよお――」

「風里さんと海斗さんのお気持ち、充分に伝わりましたから」

海斗はまだ不服そうだったけど、杏のこんな爽やかな笑顔を見たら、拳を収めるしかないだろう。

「まあ、杏がそう言うんなら。おい、おまえたち、二度と杏に関わるんじゃねえぞ」

「カコたちは事務所に言われて、その子と組んだだけ。どうでもいいし」

ボブカットを少しだけ揺らして、メガネの奥の目が釣り上がった。

「カコ、そんな言い方はよくないよ。杏さんは彼らにとってかけがえのない大切な人なんだ。その人を傷つけたわけだから──」

「うるさい、うるさい、うるさい。だったら、好きなだけ友達ごっこしてればいいじゃん」

癇癪(かんしゃく)を起こした子供のように、カコは頭を振って暴れだした。

私はカコの正面に立ち、真っ直ぐに彼女を睨みつけて、胸の奥で煮えたぎるマグマを言葉に代えた。

「ただの友達じゃない、戦友だから。一緒に天下を取った仲間だから。私たちのこと、これ以上馬鹿にしないで。友達ごっこなんて二度と言わないで」

全身の血液が沸騰して、今にも発火しそうだった。

「そりゃすごいわね。でもあんた、事務所の意向に背いたらクビだよ。違約金払えるの？」

カコは前歯を剥き出しにして、杏に向かって人差し指を突き出した。

「そっちこそ示談金は払えるの？　これだけの怪我させて、刑事事件だし」

唐突にかけられた声のほうに顔を向ける。

「美月……」

やっぱり来てくれたんだ。そうだよね、私たち、戦友だもんね。

沸騰していた血液が心地いい温度に下がって、ささくれ立った心が癒されていく。

「ほら風里、なんのために六法全書を朗読してんのよ。言ってやりなよ」

美月が、私の肩をポンと叩いた。

「刑法二百四条、人の身体を傷害した者は、十五年以下の懲役又は五十万円以下の罰金に処する」

ストレス解消のための六法全書の朗読。まさか、こんな形で役に立つ日が来るとは夢にも思わなかった。

「だってさ。こんなこと公になったら、あんた終わりだよ」

「脅す気？」

ついさっきまで杏に向けられていたカコの鋭い視線が、美月を捉えている。標的が変更されたらしい。

「ちょっと待ってくれ。君たちの望みはなんだ？」

平川くんが慌てた様子で、割って入ってきた。

「私たちの望みは、杏が望んでること。さあ杏、言いたいことがあるんだよね」

杏を促すと、彼女は力強く頷いた。

「わたくしは、ドラマや映画の脚本を書かせてもらいたいだけです。あなたたちとの関係は終わりにしたいです」

いつもの物静かな杏じゃなくて、精悍な顔つきで力のある声を発していた。

「何を勝手なことを」

カコが鼻で笑う。

「おまえ、自分の立場がわかってんのか！」

一歩遅れた。私が言おうとしたことを、海斗に言われてしまった。

「わかった、僕が責任を持つ。事務所には僕から説明する。必ず、そちらの意向に添える形にする。だから今回のことは、大目に見てほしい」

平川くんが、深々と頭を下げた。私は全然腑に落ちなかったけど、決めるのは杏だ。

「杏、それでいいの？」

私の問いかけに、杏が頷いた。

「杏がいいなら俺もそれでいいけどよお、おまえはなんでこんなメンヘラ女のためにそこまでするんだよ？」

海斗が怪訝そうに、平川くんを見つめている。

「君たちの言葉を借りれば、戦友だからかな。漫才ハイスクールグランプリで優勝しただけじゃなく、子供の頃から同じ苦労をしてきたから。同い年の天才子役の背中を、一緒に追いかけてきたから」

「話ついたなら帰ろう」

向けられた視線が心地悪かったのか、美月が背を向けた。

「出番前に悪かったな。まあ、本番頑張れや」

「あんたに言われる筋合いないから」

「おい、こいつ反省してんのかよ！」

海斗が詰め寄ったのは、発言者のカコじゃなくて平川くん。たぶん、カコに怒りをぶつけたところで、なしのつぶてだって気づいたのだろう。

「それも僕が面倒見るから」

これ以上は平川くんが可哀想だから、「さあ、帰ろう」と声をかけて、四人で帰路についた。


「レッスンをサボって来たんだから、晩ご飯くらい奢ってくれるんでしょ？」

美月なりの照れ隠し。行かないって言ったのに来てくれちゃったもんね。

「ご飯は奢らないけど、来てくれてありがとう」

「お礼言ってる暇があるなら、再エントリーの準備を進めなさいよ」

美月はこっちを見ようとしない。早足で、新宿駅に向かっていく。

これには、ありがとうは言わない。心の中で思うだけにする。

「よっしゃあ、日にち決めるぞ。再エントリーはメールでするんだったよな？　決まり次第、風里頼むぞ」

人波を掻き分けて進む海斗の足取りが、何倍も軽くなったのがわかる。

「じゃあ、四人で再出発だね」

「四人……ですか？」

杏の目に、当惑の色が浮かんだ。

「そう、四人。脚本は杏しかいないから」

「でも、わたくしは……」

迷うよね。真面目な杏だから、「はい、わかりました」って即答はできないよね。

でも、私たちは、そういう遠慮がいらない仲だと思うんだけどな。

「ほら、いつまでもそんな面してねえで、シャンとしろ」

海斗が、杏のツインテールを握って持ち上げた。

「わたくしのツインテールは持ち物ではありません」

中学の時から、何も変わっていない私たちの関係。高三になって、みんなそれぞれいろんなものを抱えてはいるけど、でも変わらないものは変わらないんだ。

「大都会で何やってんのよ、恥ずかしい」

そう言う美月も、口元には微笑が浮かんでいたりする。

「もう一度、四人で天下取るぞ！」

思ったより、お腹から声が出すぎちゃった。

行き交う人たちの視線を浴びて、三人が他人のふりをして早足で去っていく。

ちょっと、それはないんじゃない。


「おまえら、何時だと思ってるんだ？」

部屋着のジャージ姿の竹村先生は、不快感を前面に押し出してきた。こういう時は謝るより、ふざけた感じにしちゃったほうがいい。我らが師匠、竹村先生の場合は。

「午後九時半です」

「わかってるなら帰れよ。人ん家に来ていい時間じゃないだろ」

「全員、家には連絡入れてありますから大丈夫です」

「そういう問題じゃない」

「昨日、一回戦で敗退したことを伝えたら、『気持ちが落ち着いたら一度顔を出せ』って返信してくれたじゃないですか」

竹村先生なりの気遣いだったのだと思う。その場で慰めの言葉をかけてもらっても、たぶん私は冷静に受け止められなかっただろう。自身も賞レース敗退の経験があるだけに、全部わかったうえで、そう言ってくれたに違いない。

「だからって、何時に来てもいいとは言ってないだろ」

ここで退いたら意味がない。畳みかけないと。

「お子さんがいるわけでもないし、別にいいかと思いました」

「思うなよ。夫婦の営みとか、大人にはいろいろあるんだよ」

さすが竹村先生、さりげないツッコミは勉強になる。でも、いつまでもこんなことしてられないから、この辺でフサエさんを巻き込む。

「夫婦の営みなんて、明日でも明後日でもできますよね、フサエさん」

「なになに、入ってもらいなよ。そんなとこで漫才みたいなやり取りしてたら、近所迷惑じゃん」

奥から出てきたフサエさんが、場を収めてくれた。こうなることがわかっていて、こんなやり取りをしちゃいました。竹村先生、ごめんなさい。

そもそも、竹村先生のお宅にお邪魔しようってなったのは電車の中で決まったことで、再エントリーまで時間もないし、一秒たりとも無駄にするのはやめようって誓ったから。

「まったく、人数まで増えやがって」

「杏は演者じゃねえけどな」

今や私たち専用となってしまったソファも、四人で座るにはちょっと狭い。L字の角に美月が腰掛け、並んで座る私と海斗の間の隙間に杏がちょこんと腰を下ろした。竹村先生とフサエさんはダイニングから持ってきた椅子に座り、総勢六人でテーブルを囲む形になった。なんだか円卓会議みたいだ。

「ついに、噂の杏ちゃんとご対面だね。その怪我が痛々しいけど、生粋の美少女じゃん。ホントに華があるグループだね」

フサエさんは杏の怪我を心配してくれながら、私たちに飲み物を手渡してきた。海斗がレッドブルで、美月は黒ウーロン茶。私と杏は麦茶なんだけど、こういうのって言った者勝ちなのかな。

「それで、こんな時間になんの用だ？」

フサエさんが缶ビールを出してくれたからか、竹村先生の声のトーンが少し明るくなっていた。フサエさん、グッジョブ！

「もう一度、挑戦することにしたんです。だから、再エントリーはどうしても勝ちたいんです。先生の力を貸してください」

私が頭を下げると、三人も続いてくれた。

「おいおい、これじゃあ、本物の師匠と弟子みたいじゃないか」

「なんだよ、俺たちはとっくにそう思ってたけどな」

海斗の発言を受けて、竹村先生は坊主頭を掻き毟(むし)りながらも、まんざらでもない表情をしていた。

ここだ。私はここで確かめなければならない。杞憂なら……、いや、そんなことはない。直感めいたものがある。あの時感じたことを解決しないと。

「先生、何か大事なことを言ってくれてないですよね？　遠慮してですか？　ここまでなんとかなってきちゃいましたから、私もあえて聞かなかったんですけど、私たちもう負けちゃったんで遠慮とかなしでお願いできませんか？　私と海斗が初めてここでネタをやらせてもらった時、『上手すぎる』って言いましたよね？　あれって褒め言葉じゃなくて、私たち最大の欠点なんじゃないですか？」

あの時、竹村先生はそんな意味深な一言を呟いた。今となってはそれが、私たちに足りないとてつもなく大きなもののような気がしてならない。

「おまえたち自身は、負けた理由をどう考えてるんだ？」

質問で返してきた竹村先生に、海斗が噛みつくように返答した。

「そんなの、あのアイドルのせいに決まってるだろ。マナーもクソもないファンを連れてきやがって」

「人のせいにするな。たしかにその状況はおまえたちにとって不利だろうし、やりにくかったと思う。だけどなあ、プロの芸人たちはもっと酷い環境でやってんだよ。営業に行ったはいいけど、客は誰もいない。一人二人来たかと思ったら、酔っ払いが野次を飛ばしてくる。そんなの日常茶飯事だ。演劇を見に来る客がどれだけ上品かなんて知ったこっちゃない。おまえたちは、芸人たちと同じ舞台に立ってるってことを忘れるな」

誰も、何も言い返せなかった。私はただただ、心に影が差すのを感じていた。

「また熱くなっちゃって。精神論じゃなくて具体案を示してあげないと、今の子たちには伝わらないよ」

「そんなことないです。先生の言ったこと、もっともだと思います」

フサエさんは私たちを気遣ってくれたんだと思うけど、竹村先生の言葉は精神論どうこうじゃなくて、きちんと受け止めなきゃいけない気がした。

「おまえたちを初めて見た時の話だったな。たしかにあの時オレは、おまえたちの演技は上手すぎるんじゃないかと思ったな」

竹村先生は缶ビールに口をつけると、喉を鳴らして飲んでいた。

「上手くて何が悪いんだよ。上手いからこそ、観客は引き込まれるんじゃねえのかよ」

海斗は納得がいかないとばかりに、抗議するような目をしていた。

「オレが言いたいのは、そういうことじゃないんだ。おまえたちはゲレランとエンペラーオブコントの二つの舞台を経験したわけだよな。芸人たちの演技を見て、正直どう思った？」

「上手くはねえよな」

海斗が遠慮の欠片もない答えを返したから、私も率直な感想で続いた。

「発声の基本すらできてない人もいました」

「本格的に演技をしてきた奴から見たら、芸人の演技なんて基本もなってない酷い代物だ。まあ、養成所を出てる奴は、発声くらいは習ってるがな」

竹村先生は、フサエさんに缶ビールのお代わりをおねだりしていたけど、許可が下りなくて残念そうにしてから言葉を継いだ。

「だけどそんな演技の芸人が、おまえたちより笑いを取ってなかったか？　ゲレランの時も、ウケたとはいっても勝てなかったわけだろ？」

「それはネタのクオリティの問題ではないですか？　私の書いた脚本に、そこまでの力がなかったのかもしれません」

悔しいけど、こう思わざるを得ない。だって、美月も海斗も、私の脚本を最大限に生かして演技してくれたのがわかるから。

「じゃあ、風里が書いたまったく同じネタを、おまえたちが演じた場合とほかの芸人が演じた場合とでは、どんな違いがあると思う？　おまえたちより演技が下手な芸人が演じたほうが、笑いは取れる気がするぞ」

「なぜですか？　先生の言ってる意味がわからないです」

理解のできない苛立ちもあってか、波立つ気分を抑えるのが難しくなってきた。

「日常のひとコマを切り取って、それを非日常にする。そこに笑いが生まれるってのはわかるよな？　だけどな、演技が上手すぎると、非日常が日常に見えてしまうってこともあるんだ」

「俺もよくわかんねえな」

「あたしは、なんとなくわかるかも」

海斗と美月のリアクションはそんな感じだけど、私は何かを掴みかけているというか、もう少しでパズルのピースがはまりそうな気がしていた。

「よし、実例を挙げてやる。コンビニのコントだ。店員がボケで客がツッコミ。客からの質問に店員がボケ倒すとするぞ。この場合、そんなこと言う店員いないだろ、そんなことする店員いないだろっていう非日常に笑いが生まれる。だけどな、店員の演技が上手すぎたらどうなると思う？　この店員は新人だからこんなこと言っちゃうのか、この店員は仕事ができないからこんなことしちゃうのかっていう日常、つまりあり得る風景に見えてしまってボケが霞むことがあるんだ」

それか！　ずっと私の中に黒々と居座り続けていた気持ち悪い感じ。そしてそれが、演劇とコントの最大の違いなんだと思う。やっと答えがわかった。

「そんなこと言われてもなあ」

海斗が珍しく、考え込むように天を仰いだ。私も天を仰ぎたかったけど、もっと竹村先生の話を聞くべきだと思い直して、姿勢を正した。

「風里の書いたネタはおもしろい。よく書けてる。だけど正直、違和感を覚えた」

そうか、先生があの時、言い渋ったのはそれか。

「あたしたちに、たどたどしい演技をしろってこと?」

「美月、なぜそういう発想になる? オレは『武器をしまえ』なんて言ってない。もっと『武器を生かせ』って言ってるんだ。せっかくの演技力を生かしたネタのほうが、おまえたちには合ってるんじゃないかって話だ。おまえたちの演技力がなければできないネタ。ほかの誰がやってもうまくいかない、おまえたちじゃなきゃできないネタだ」

ここまで聞いて、一気に頭がすっきりした。たぶん、私の中でも無意識のうちに淀んでいたっていうか、気にはなっていた何かだったんだと思う。でももう、迷いはない。

「わかりました。大ボケ、小ボケ、ツッコミのオーソドックスなスタイルは捨てます。みんな、いいよね?」

「俺はかまわねえよ、リーダーがそう言うんなら」

「あたしも」

私に向けられた海斗と美月の瞳に、決心の光が宿っているのがわかった。

「リーダーになった覚えはないけど、決まりね。杏、そういう方向で書けるかな?」

「実はわたくしも、そういう方向性のほうが合うのではないかと思っておりました。構想もあります。かなりシュールな脚本になりますけど、よろしいですね?」

杏の瞳にも、力強い光が見てとれた。

「なになに、見かけによらず、杏ちゃんて有無を言わさぬ強さがあるじゃん」

フサエさんの言うとおり、杏は可愛いだけの美少女ではない。情熱を持って作品を仕上げ、完成した作品に対して並々ならぬ誇りを持つ。そのこだわりの深さは、杏の外見からは想像もできないほどだ。

「杏は一音落とすのも許さねえからな。俺みたいに感覚でアドリブ入れちまうような役者は嫌いだろ?」

海斗は冗談めかして笑っていたけど、たぶんそのとおり。まあ、嫌いってことはないけど、美月みたいに脚本から徹底的に役作りするタイプのほうが杏との相性はいいと思う。

「そういえば風里、あたしちょっと気になったんだけど、ゲレンステージの時と違ったよね、最後のツッコミのワード」

落選のショックで、そんなことはすっかり忘れていた。私自身、変えたのはわかるけど、なぜ変えたのかわからないから説明できない。脚本では「懲戒免職っ!」なんだけど、昨日は「明日クビっ！」ってワードが――。

「とっさに出ちゃったんだよね、無意識のうちに」

「でもよお、唯一ウケたよな。あそこだけ、少ないけど笑いが来たからな」

冷静になって思い返すと、笑いが来たのはそこだけかも。それくらい、散々な舞台だった。

「それは〝ツッコミの嗅覚〟ってやつだ。その日その時の場の空気で、ツッコミのワードや間を瞬間的に変えるっていう高度な技術だ。いや、技術ってより感覚だな」

竹村先生は感心するように言った。なんとも微妙な気分だ。だって、感覚って言われても自覚がないわけだし。

「風里が覚醒したってことか？」

海斗が興味深そうに、私の顔を覗き込んできた。だから自覚はないし、顔を見たところで何も変化なんてないわけだし、好奇の視線を投げてくるな。

「杏、風里のこの感覚は大事にしてやってくれ。台詞の語尾が少しばかり変わっても、嗅覚なんだって思ってやってくれ」

竹村先生も、そんな大袈裟な言い方しないでほしい。私は、みんなと違って凡人なんだから。

でも、不思議と悪い気はしなかった。だからってわけじゃないけど、もう一つ気になることを、この機会に聞いておこうと思った。

「一回戦の控え室で、バベットビートと缶詰ヒーローさんが一悶着あったんです。先生たちメガトンキッスも何か関係してるようなことを、長尾さんが言ってました。先生たちとバベットビートって、まだほかにも因縁があるんですか？　教えてもらえませんか？　全部知ったうえで、この大会を勝ち上がって、あの人たちを倒したいです」

心には、確かな決心があった。それが伝わったのか、竹村先生とフサエさんはお互いの顔を見合わせ、静かに頷いた。

「その話はバベットビートとウチらの因縁ていうより、あいつらの事務所、吉川興業と、缶詰ヒーローさんとの間に起こったことだから、真偽がわからない部分もあるってことだけは先に言っておくからね」

フサエさんはそう語りだすと、竹村先生のほうを向いた。先生が「続けてくれ」とフサエさんを促す。

「そもそもあんたたち、缶詰ヒーローさんは知ってるわよね？」

「〝チキチキあるある体操〟だろ？　小学生の時、よくみんなで真似したぜ」

海斗が、昔を懐かしむような笑みを見せた。

私たちの世代は缶詰ヒーローといえばそれだから、実は漫才を主戦場にしているコンビだと知ったのはずいぶんあとのことだ。それくらい、あの体操のインパクトはすごかった。独特のリズムに乗せて、あるあるネタを披露していく体操。動きがコミカルで、子供でも真似しやすいこともあって、当時大流行した。赤いタンクトップと白い短パン姿の二人が、今でも鮮明に脳裏に焼きついている。

「飛ぶ鳥を落とす勢いだった缶詰ヒーローさんがMC兼審査員を務めるバトルライブに、児玉芸能代表としてウチらも出たことがあったのよ。吉川興業からはバベットビートが出てきたし、ほかの事務所も若手のエース格を出してきたんだよね。ていうのも、そのバトルライブの優勝賞品が、めっちゃすごかったからなの。缶詰ヒーローさんが総合MCを務める特番の一コーナーで、コーナーMCをさせてもらえるっていう話だったわけ。ウチら若手にとっては、夢のような話じゃん」

話していて興奮したのか、フサエさんの顔に赤味が差した。

「わかったぜ。そこで先生たちが勝っちまったのか？　それでバベットビートが先生たちを目の敵にするようになったってわけか？」

「そんな単純な話じゃない。大人の世界の、もっと薄汚い話だ」

竹村先生にぴしゃりとやられても、海斗はめげる様子を見せず、「じゃあ、何なんだよ」と言ってレッドブルを呷（あお）っていた。

「たしかにウチらは勝ったんだよね。でも缶詰ヒーローさんがウチらの名前を呼んだあと、会場がおかしな空気になってね。バベットビートが騒ぎだしたのよ、話が違うじゃないかって」

それって、まさか……。

心が痙攣するような感覚に襲われ、私は麦茶のグラスに口をつけた。

「出来レースだったのよ。その特番も吉川興業の制作会社が作る番組だったから、自分のところの缶詰ヒーローさんが総合MCで、バベットビートがコーナーMCってことで内定してたのよ」

フサエさんが、溜息交じりに言った。

「じゃあなんで、先生たちが勝っちまったんだよ？」

「そこが缶詰ヒーローさんのすごいところだ。あの人たちこそ、本物の芸人だ」

虚空を見る竹村先生の目が、尊敬の眼差しになっている。あとを引き取るフサエさんも、同じような目をして言葉を継いだ。

「食ってかかったバベットビートの長尾を、缶詰ヒーローさんは二人して叱りつけたんだよね。お笑いを舐めるなって。メガトンキッスを見習って、もっと真摯にお笑いと向き合えとも言ってたね」

「当日のバベットビートの出番は、酷いもんだった。ろくにネタ合わせもしないで舞台に立ったみたいだしな。今にして思えば、勝つことが約束されていたからだろうな」

竹村先生は、飲み干したビールの缶をようやくテーブルに置いた。

「でもそれって、いろいろ問題になるんじゃないですか？」

素人の私でも、それくらいは想像がつく。

「風里の言うとおり、ウチらが任されたコーナーの収録はやったんだけど、結局〝お蔵〟になったんだよね。特番自体がなくなっちゃったから。スポンサーが手を引いたとか、制作会社との折り合いがつかなくなったとか、いろんな噂は聞いたけど、実際のところは他事務所のウチらがわかるわけないじゃん」

「てことはよお、缶詰ヒーローが急にテレビに出なくなったのって、それが原因てことか？」

海斗にしては鋭い。私も今、それを考えていた。ブームが去ってというより、それより早い段階でテレビで見なくなった印象があるから。

「たぶん、それだね。懲罰というか、粛清というか。そういうの厳しい事務所だから」

フサエさんはひと息ついてから、続けた。

「付け加えて言うなら、バベットビートも、その懲罰の対象になったんじゃないかな。あいつらも当事者なわけだから、事務所からも相当怒られただろうし、そこからあいつらは低迷期に入ったっていうか、そこまでの勢いが失われた感はあったからね。それで、ウチらを目の敵にしてきたってわけよ」

「そんなの、八つ当たりじゃないですか！」

あまりに理不尽な話で、無性に腹が立ってきた。

「あっ、それからこれは、かなりあとになって聞いたんだけど、長尾は特番でコーナーMCをすることが内定してたから、それを餌にして当時狙ってたグラビアアイドルをしつこく口説いてたらしいんだよね、そのコーナーに出してやるって」

最低だ。芸人さんとしてだけでなく、男性としても、人間としても最低だ。

「それもうまくいかなくなって、面子も潰されて、怒り狂う長尾の姿が想像つくじゃん。ああいう器がちっちゃい男は、そういうのいつまでも根に持つからタチが悪いよね」

「成功者となった今だからこそ、冷や飯を食わされた時代には特別な感情があるんだろ。缶詰ヒーローさんや、オレたちに対しても」

この話を締め括るように、竹村先生が立ち上がった。冷蔵庫に向かっていく先生に、お代わりはだめだとフサエさんがきつめの声をかけていた。

事情はわかった。そういうことがあって、この前聞いた話に繋がっていくのか。先生たちが受けたバベットビートからの嫌がらせや、舞台上での〝投げ飛ばし事件〟。

それらは、起こるべくして起こったんだね。

それにしても、なんて奴らだ。私たちの力で、なんとかしてやりたい。でもそのためには、まずは目の前の戦いに勝たなくては。

胸の奥で、熱い思いが音を立てて広がっていくのがわかった。

17

六月三十日、火曜日。

今朝、四人のグループLINEに、脚本の〝タタキ〟ができたから見てほしいとの連絡が入った。私は彼女の筆の早さに感心しつつ、こうして放課後に部室に集まる段取りをつけた。

「さすがに早えな。風里とは大違いだぜ」

「私に無理やり書かせたくせに、よく言うよ」

さすがにちょっとイラッときたから、海斗を睨んでやった。

「風里さんの脚本、わたくしは好きですよ」

「杏は優しいね。それに才能まであって羨ましい。二時間ドラマの脚本とかを書いてると、二分のコントなんて簡単に書けちゃうのかな？」

「逆に難しいです。二分でストーリーを完結させようとすると、単調になってしまったり、詰め込みすぎて複雑になってしまったり、結果的に伝わらない作品にもなりかねませんから」

そういうものなのか。私はとにかく必死に書いたから、何も考えてなかったな。

「前置きはいいから、早く見せてよ。本番まで時間もないわけだし」

苛立っているわけじゃなくて、早く脚本を読みたい。そんな気持ちが美月の表情に表れている。

再エントリーは、七月十二日の日曜日にした。日曜なら確実に学校は休みだし、期末テストは来週終わるから、誰に文句を言われる筋合いもない。正直、テストのことはそんなに考えていない。指定校狙いの子たちにとってはめちゃくちゃ大事なテストだけど、どんな進路を選んだとしても評定平均はここまでのテストで充分稼いでるから。それに今は勉強しようと思っても身が入らないのはわかっているし、稽古がしたい。私の進路はエンペラーオブコントが終わってから考える、そう決めたんだから。

ちなみに杏も、テスト勉強は問題ないと言っていた。かなり早い段階から特待生試験や一般受験の準備を進めている彼女が、定期テストで慌てたりはしないだろう。

海斗と美月は……。何も聞かないでおいた。

それから、日曜だから千織先輩の確約も容易に取れた。ＬＩＮＥで伝えたら、快諾してくれた。竹村先生は柔道部の予定が入っていて観覧も難しそうだったけど、そればかりはしょうがない。

そんなこんなをグループＬＩＮＥでやり取りして、みんなの合意を得たうえで、メールで再エントリーを済ませた。第二希望は前日の土曜にしておいたけど、また先着順らしいから第一希望で決まるだろう。

「ありがとう」

杏は人数分の脚本をプリントアウトしてきたようで、私もそれを受け取った。私はじっくり読み込みたいから椅子に座って机に脚本を置いた。

海斗は窓際で外を向いて、美月は廊下側で立ったまま読み始めていた。二人とも真剣な表情だ。美月に至っては、仕草というか、手振りを入れたりもしている。もう、役作りが始まっているのだろう。

「とんでもねえ話を書きやがったな」

最初にリアクションを示したのは海斗で、嬉しそうに顔をほころばせている。

「悪くないわね。このイカれた女子高生、演じきってみせるわ。そのためにも、この子のバックボーンがもっと知りたいわね」

「どうぞ、脚本には書かれていないプロフィールです」

杏が新たな用紙を手渡すと、美月はすぐさま食い入るように読みだした。

「海斗さんは逆にないほうが憑依しやすいですよね？」

「そうだな。俺のほうもイカれてやがるからな、俺なりにやらせてもらうぜ」

海斗は再び窓際に向かい、脚本ではなく外の景色に視線を送っているようだった。彼なりに、考えるものがあるのだろう。

「風里さんはどうですか？　お気に召しませんか？」

杏が心配そうに、愛らしい顔を真っ直ぐに向けてきた。

「ごめん、もう一度読ませて」


配役は、女子生徒、男子生徒、教師。つまり前回と変わらない。でも、内容が異次元すぎる。生徒役の美月と海斗は交際していて、体の関係も持って美月は妊娠する。そのあとに二人は別れるんだけど、美月は誰にも告げずに出産する。それを海斗が知り、なぜ教えてくれなかったのか、せめて妊娠がわかった時に相談くらいしてほしかったと責め立てるシリアスなシーンで始まる。当然、重々しいＢＧＭがあると効果的だろう。

教師である私は二人から相談を受けている立場なんだけど、二人が熱く、深刻にやり取りするシーンを冷めた目で見ている。ここの台詞のない演技も大事だ。私の最初の一言への振りなのだから。

二人のやり取りは白熱していく。海斗は子供のためを思って学校をやめて働いて父親になると言いだし、本気でそう思うなら高校だけは卒業してほしいと美月が懇願したり、両親ともに中卒だと生まれてくる子供が可哀想だからとか、本当にこういう状況になったらこういうやり取りがされるんだろうなっていうリアルな展開が続く。ここはかなり高度な演技力が求められるだろう。

美月はずっと赤ちゃんを抱いてるんだけど、いかにも赤ちゃんをあやすように、それでいて赤ちゃんの姿が見えないようにする演技は大変だと思う。

「先生、なんで黙ってるんだよ、なんとか言ってくれよ。俺たちの決断、間違ってないだろ?」

脚本を読んでいて役に入りすぎたのか、海斗が声を張った。

発声練習もしていないのに、いきなり始めないでよ。

「高校生だからだめなんて言わないよね。あたしも本気だから、彼と結婚してこの子を育てる覚悟だから」

美月まで付き合い始めた。本読みを通り越して、立ち稽古が始まっちゃった。ちょっと待ってよ、私はまだ役作りできてないんだから。とは思いながらも、もちろん参戦する。

「その前に聞いて。あなたから、猫は生まれないわ」

そこで美月が抱いていた猫（実際には小道具のぬいぐるみになると思うけど）の姿を見せる。

それでも二人は真剣に議論を続ける。どこに住むかとか、最初のうちは実家から援助を受けようとか、就職活動をしなきゃとか。さらにお金の心配をしだした二人に、教師である私が言う。

「もし本当に猫を産んだのなら、お金の心配は一生しなくていいと思うわよ」

「なんで先生はそんなに楽観的なんだよ！　俺たちがこんなに必死に考えてるのに」

「一生暮らしていけるだけのお金を、取材や研究協力費とかでもらえるからよ。なんなら、政府が面倒見てくれるかもしれないわ」

要は、猫が生まれたことを何も不思議がらずに高校生らしく真剣に悩む二人と、冷静に現実的な意見をする先生というギャップを楽しむ話だ。

こんなぶっ飛んだストーリー、私からは絶対に出てこない。杏の頭の中は、どうなってるんだろう。

だめだ、言葉にして表せない。これが才能なのか。

全身に電気が走ったみたいな気がして、でも恐怖を感じた時の悪寒みたいなのもあって、たぶん身体が衝撃を受け止めきれていないんだと思う。

尊敬の念を抱くと同時に、現実感が浮遊するような、そんな不思議な感覚に襲われた。

「ここはおまえらの住処(すみか)じゃないぞ！　毎晩来るな！」

竹村先生が柔道部の練習を終えて帰宅する午後七時半頃を狙って、私たちはやってきた。慣れというか習慣というか、これは恐ろしいもので遠慮という概念をすっかりなくしてしまう。

「なんで来ちゃだめなんだよ？」

「夫婦の営みとか――」

「日をまたいでの天丼は、天丼の効果が薄れるからよくないと私は思うんですけど。天丼は繰り出すタイミングですべてが決まるって、フサエさんの料理を食べながら雑談してた時に教えてくれたじゃないですか」

天丼とは、同じボケを繰り返すこと。お笑い用語や用法も、竹村先生は少しずつ教えてくれている。

「ボケてるわけじゃないから、ダメ出しするな！」

竹村先生は、こめかみの辺りにできた青筋をピクピク痙攣させていた。

「おまえらの〝家〟ではなく〝住処〟というワードをチョイスするあたりも素晴らしいセンスだと思いました。わたくしも台詞を書く時の参考にさせていただきます」

「杏まで乗っかってくるな！」

「なになに、いいから上がってよ。夫婦の営みなんてないから」

「フサちゃんは話がわかるよな。それに、おもしろいし。竹村先生じゃない相方と組んでたら、売れてたんじゃねえか」

「ウチもそう思うんだよね。海斗、あんたわかってるじゃん」

「ガキの戯言を間に受けるな」

竹村先生はため息交じりに苦い顔を見せたけど、結局はリビングに通してくれて、私たちの話を聞いてくれた。先生のこういうところ、結構好きかも。

「杏が脚本を書いてくれたので見てください。私が書いたのとは大違いなんで」

私が受け取った分の脚本を竹村先生に渡すと、背後から覗き込むようにフサエさんが笑みを浮かべて読んでいた。こういう光景は微笑ましいなって思ったりもする。

ていうか、ダイニングの椅子二脚が今夜は最初からこっちに置いてあったような……。竹村先生、フサエさん、ありがとうございます。

「ビール出してくれ。長い話になりそうだ」

「一本だけだからね。レッドブルと黒ウーロン茶を買いだめしちゃったから、ビールは買ってないし」

「なんでこいつらの飲みもん買って、俺のビールはないんだよ。そうやって甘やかすから、自分ん家みたいに振舞うんだろ」

「かわいい弟子たちじゃん。ビールくらい我慢、我慢」

そんなやり取りをしながらも、フサエさんはソファに腰を下ろす私たちに飲み物を出してくれた。貴重な缶ビールをちょびちょび飲み始めた竹村先生は、なんだかんだでフサエさんには逆らえないらしい。

「しかし、これはギャンブルだな。賞レースの〝傾向と対策〟を思いっきり無視したネタだからな」

脚本を眺めながら、竹村先生は軽く首を傾げた。

「傾向と対策？　そんなもんあんのかよ」

「なんでそれを教えてくれなかったのよ」

海斗と美月が、責め立てるような目をして攻撃した。

「先生を責める前に、それを聞こうよ」

なだめるように私が言うと、二人はそれぞれの飲み物に口をつけて、話を聞く素振りを見せた。

「賞レースの一回戦はたいてい、二分だ。ここを勝つポイントとして『初弾と弾数』っていう考え方がある。ここで言う〝弾〟ってのはボケのことだ。言いたいことがわかるか？」

竹村先生の問いかけに私が首を傾げると、フサエさんが助け舟を出してくれた。

「最初のボケをどこで撃つか、そしてボケ数をどれだけ入れられるかってことじゃん。最初のボケっていうのは、いわゆる〝つかみ〟のこと、早ければ早いほどいいって言われてるんだよね。そしてボケ数は、できる限り多く入れたほうがいいっていうのが定石。二分のネタなら、そうねえ、ボケ数が十から十五くらいが理想かな」

「杏、おまえはそういうこともわかったうえで、この脚本を書いたんじゃないのか？勝算があるんだろうけど、その根拠を聞かせてくれ」

竹村先生と杏のやり取りが、脳の神経を直接刺激してくる。なんかいきなり高度な話になった気がする。ついていくのがやっとだ。でも、絶対に聞き逃しちゃいけない。

「根拠は、皆さんの演技力です。演技力で、この脚本はおもしろくなります。ほかの芸人さんではできない作品です」

杏の自信に満ちた顔を見ていると嬉しくなるんだけど、同時にプレッシャーも感じる。美月と海斗はともかく、私はその期待に応えられるだろうか。

「ざっと見た感じ、フリで四十秒から五十秒、つかみという概念はなく、最初の笑いはボケではなくて風里の一言。ここからシュールな展開が最後まで続くわけだな」

気に入らないのか、いや、そういう感じじゃないんだけど、竹村先生はちょっと困っているようだ。

「ウチは好きだよ。つかみなんて、必ずしも必要なわけじゃないし。すぐに笑いが欲しくて、取ってつけたようなつかみを入れる人がいるけど、本筋と連動してなくて冷める時もあるじゃん。ボケ数もただ数だけ意識して放り込んでも、大オチに繋がらないボケは雑音でしかないし」

わかりやすい。フサエさんの説明は的を射ているというか、端的に核心をついている感じがする。

同じように思ったのか、海斗、美月、杏の三人も羨望の眼差しをフサエさんに向けていた。

「言い忘れたが、メガトンキッスのネタを書いてたのは嫁さんのほうだから」

私たちの表情から何かを察したのか、竹村先生が言い訳するような口調を見せた。

「はあ？　じゃあ、フサちゃんから指導を受けるべきじゃねえかよ」

「師匠を見誤ってたみたいね」

海斗と美月が冗談めかしてそんなことを言うから、私も乗っかることにした。

「最初の頃の『オレは弟子はとらねえ』みたいな頑固師匠的な演出、今考えると意味なくないですか？」

「演出でしてたわけじゃ――」

「フサエさん、これからもよろしくお願いします」

「早速オレの話を聞かなくなるのやめろ。オレも結構いいこと言ってきただろうが。急にそれはないだろ」

沈痛な面持ちでうなだれる竹村先生。もうちょっとだけいじめちゃえ。

「傾向と対策を、もったいぶって教えてくれなかったじゃないですか」

「そこまでの必要性を感じなかったんだよ。だけど今のおまえたちなら、もしかするかもしれないな」

そう言ってくれるのは嬉しい。私たちは、遊び半分でやってるわけじゃないから。

「別にいいわよ。あたしたちの師匠はフサエさんなんで」

さすが美月、追い討ちの手を緩めない。

「薄情かっ！」

「ツッコミのタイミングとワードセンスはなかなかだと思います」

杏が〝きのこの山〟を食べながら、口をモグモグさせて言った。

自然と、笑いが巻き起こった。

18

七月十二日、日曜日。

六本木のイメージといえば六本木ヒルズくらいで、IT社長たちが住んでいて、夜な夜なパーティーをしている人たちがいる街で、私には縁のないところ。たぶん、今回の会場にならなかったら、一生来なかったかもしれなくて……、さすがにそれは言いすぎか。

美月はこの近くにあるテレビ局に何度も行ったことがあるらしく、道案内は土地勘のある彼女に任せた。

Hグループ十二組、十五時集合。会場は六本木トリキールシアター。エンペラーオブコント一回戦、私たちにとっての再エントリーは、前回の新宿以上にゆかりのない場所になった。だから時間には余裕を持って六本木に到着して、美月の先導のもと、カラオケ店に向かった。

六本木ヒルズのイメージが強すぎたのか、私たちが駅から出て飛び込んできた景色は意外とこぢんまりした町って感じで、大通りに出るまでは私の考える六本木とはかけ離れていた。

カラオケ店の前で、オペレーターの千織先輩と合流した。カラオケ店に同行してもらって、音出しの打ち合わせをすることになっている。杏も、もちろん一緒だ。この段階で杏にしてもらうことはないんだけど、いてくれるだけで安心だし、それに杏だけがまだあの時のことを千織先輩に謝っていなかったから、この場を借りてっていうのもあった。ちなみに、杏の顔の怪我はほとんどわからないくらいまで治った。

「千織先輩、すみません。稽古まで付き合わせちゃって」

「そんなの気にしないで。わたしも音出しのタイミング合わせたかったから。さあ、入りましょう。外は暑いから、少し涼みたいしね」

今やトレードマークとなっている山吹色のサロペット姿の千織先輩は、ハンドタオルでしきりに額の汗を拭っている。

梅雨が明けた。本当に雨の少ない梅雨だった。水不足が心配だと騒がれていたりするけど、正直、他人事（ひとごと）だ。今考えなきゃいけないのはエンペラーオブコントのことだけだから。

「先輩さあ、脚本読んでくれたんすよね？　今回のはどうすか？」

海斗が、結構真面目なトーンで聞いていた。

「驚いたわ。前回とはがらっと方向性が変わってたから。ねえ、暑いからとりあえず入らない？」

「先輩、あたしたちの演技が生きる脚本だと思いますか？」

今度は美月が、深刻な表情で聞いている。

「こういう作品のほうが、あなたたちの演技は冴えるわよ。本当に素晴らしい作品に携われて光栄よ。でも、とりあえず中に入ろうか？」

「わたくしの脚本を褒めてくださって――」

「中で話してっ！　私の尋常じゃない汗を見て気づいてっ！　暑いから中入りたいのっ！」

「風里よりツッコミがうまいっすね、先輩」

千織先輩いじりが終わったところで、私たちは入店した。誰がやろうって言ったわけじゃないんだけど、なんかこんなのも自然とできるようになって、しかも本番直前にできちゃうのはすごいなって。自画自賛だけど。

カラオケ店では千織先輩との打ち合わせと発声練習が主で、ネタ合わせは二回しかやらなかった。細かい修正は、昨日までに終わらせてある。

あの時、海斗と美月とともに帰ってしまった杏が当時のことを謝ると、千織先輩は「そんなことはもういいから」と優しく杏の頭を撫でてくれていた。〝お母さん〟と呼ばれる千織先輩の寛大さに触れることができて、本番前に心が穏やかになった。

カラオケ店を出ると、暑さが増している気がした。直射日光が鋭いだけじゃなくて、地面からの照り返しが凄まじい気がする。衣装のジャケットは着ないで持ってきた。ブラウスは半袖にして正解だったと改めて思う。制服の夏服姿の海斗と美月が、着慣れた服装で少し羨ましい。

「どうやら、みんな来たみたいね」

千織先輩が手招きをする方向から、女性のグループがやってきた。演劇部のＯＧたちだ。私たちが一年生の時の三年生、つまり千織先輩の代がほとんどだけど、よく見ると一学年上の先輩たちの姿もあった。千織先輩の代が引退したあと、唯一の一年生となった私を妹のようにかわいがってくれて、一緒に演劇部の再建に勤しんだ先輩たちだ。総勢、七人、いや八人みたいだ。

「前回はアイドルのファンにやられたんだって？」

「今回は大丈夫よ、うちらがしっかり応援してあげるから」

「あと二人、会場に直接来るから十人ね。これだけいれば心強いでしょ」

「マナーの悪い客がいたら追い出してあげるから、あなたたちは演技に集中しなさい」

先輩たちが、代わる代わる声をかけてくれる。

このままだと、私たちが演劇部を潰してしまうかもしれないのに……。

感謝の気持ちと罪悪感が同時に訪れて、心の奥が震えている。

「ありがとうございます。必ず結果で恩返しします」

私が頭を下げると、海斗も美月も杏も丁寧にお辞儀をしていた。

「そんなに気負わない。実はうちら、お笑いのライブ見るの初めてだから、楽しみでもあるんだよね。だから千織に誘われた時、すぐOKしたし」

「みんな、かわいい後輩たちのために思いっきり笑ってあげてね」

千織先輩がそんな感じでまとめてくれて、私の肩をポンと叩いてきた。

「本当にありがとうございます。でも、あんまりわざとらしくならないでくださいね」

「ちょっと風里、誰に言ってるのよ」

千織先輩は冗談交じりに怒った顔を見せて、言葉を継いだ。

「ここにいるのは全員、女優経験者よ」

先輩たちが声を出して笑っていた。

「高校までで辞めちゃった子がほとんどだけどね」

私たちも一緒になって笑った。笑い声が、真っ青な夏空に吸い込まれていく。私たちは、本当に幸せ者だ。

キャパ二百席の六本木トリキールシアターは、外観は六本木らしいというか、白と赤を基調としたお洒落な劇場だった。

杏と先輩たちは、当日券を購入して入場していった。全員問題なく入れたってことは、客席に余裕があるということか。なんにしても、前回のアイドル事件のようなことは起きないのではないかと想像できた。

私たちは受付に向かった。外のスペースにテントが張ってあり、そこに控えているスタッフさんから前回同様の用紙をもらい、必要事項を記入して提出するとエントリーナンバーシールが渡された。『1122番』で〝いい夫婦の日〟だなって海斗が言っていたけど、だから何よって美月に言われて、私もだから何よって思ったりした。

今回はいったん解散にはならず、会場脇の非常階段のあるスペースに並んで待機を指示された。この時点でオペレーターの千織先輩は連れていかれた。

待機をしている芸人さんたちから、殺伐としたオーラが発せられている。狭いスペースだから、親しい人を見つけても移動して談笑したりできない。集中力を高めるにはいいけど、とても窮屈な感じがして、緊張感ばかりが増していく。

グループ名を呼ばれて建物に入ると、通路を埋め尽くすように芸人さんたちがいた。着替えをしていたり、小声でネタ合わせをしていたり。どうやら、この通路が楽屋扱いらしい。

着替えの途中で出番を伝えられ、焦っている人たちもいる。やっぱり着替えは済ませてきて正解だった。もし今後、奇抜な衣装を着るようなことがあったら、検討の余地ありだけど。

前回よりも待機時間は短く、すぐに出番が伝えられた。〝作る〟時間がほとんどなかったけど、海斗も美月もいい顔をしている。私も二人の顔を見て安心したから、きっと大丈夫だ。

階段を上がってステージに向かうと、また舞台裏に出番順に並ぶよう指示された。この時間が一番緊張する。舞台上の演者の声、お客さんの笑い声、スタッフさんたちの動き、そういう全部が伝わってくるから。

胸に手を当てると、速まっている鼓動が少しずつ落ち着いていくような、悪い緊張がなくなっていくような、これって錯覚かな。

そんな時、演目中の芸人さんがかなり大きな声を張った。

あれ？　もしかしてこの劇場……。

「おい、この会場」

海斗も同じことに気づいたらしい。美月も無言で頷いている。ステージと客席を見ていないからなんとも言えないけど、おそらくキャパが今まで経験したバティモスやシアターブラックより大きいから、声の通りが悪い。意識して声を張ったほうがいいかもしれない。

前の男性コンビが貸し出しを何も使わないとのことで、備品準備はすべて自分たちでおこなうことになった。学習机と椅子は舞台袖でスタッフさんから渡された。私と美月が机を、海斗が椅子二つを持って順番を待つ。大事な小道具、猫のぬいぐるみ。美月が持つ机の上に、愛くるしいそれが置かれている。

あとはやるだけだ。大丈夫、私たちは大丈夫だ。

大きく深呼吸をして、目を閉じる。雑念はない、集中できている。

前のコンビの「ありがとうございました」で暗転。この劇場の暗転も、ゲレンステージみたいに真っ暗じゃないから動きやすい。机と椅子をセットして、それぞれの立ち位置へ向かう。

よし、来い！

明転と同時に音出し。頭からシリアスなＢＧＭ。千織先輩、タイミング完璧です。

「だから、なんで教えてくれなかったんだよ！」

海斗の台詞でスタート。いつもより声を張っているのがわかる。この第一声が声量の基準になるところは、演劇もコントも変わりはない。完璧だ。この声量でこのくらいの響きだってわかったから、彼に引っ張られる形でついていけばいい。

「教えたらどうするつもりだったの？　この子はあたしが育てていく。あたしが産んだ子なんだから」

天才女優、美月の迫真の演技だ。観客が世界観に取り込まれていくのがわかる。

客席は、どうやら九割方埋まっているみたいだ。それを確認できる余裕もある。スタートは上々だ。

私が書いたやつみたいなオーソドックスな脚本だと、この辺で笑いがないと厳しい。でも杏が書いてくれた脚本はそういうタイプじゃないから、焦る必要もない。

客席の空気が、演劇の時のそれと似ている気がする。なんだかすごくやりやすい。でも、結局は演技力だ。女子高生が妊娠し、彼氏の知らないところで子供を産んだという状況。それをリアル高校生である二人がリアルに演じてるんだから、そりゃ惹き込まれるよね。

二人のやり取りが続いたあとに、ついに来る。私の第一声。

「その前に聞いて。あなたから、猫は生まれないわ」

机の影に隠すようにうまく抱きかかえていた猫を、美月が披露する。

決して大きくはないんだけど、笑いが来た。これでいい。全員が大爆笑するようなネタじゃないのはわかっている。でも、ハマった人は逃れられないネタだから。

ＢＧＭが変わる。シリアスな曲から一転して、コメディタッチな明るい曲に。できることなら照明もいじりたかったんだけど、レギュレーションでできないことはしょうがない。

ストーリーが進むにつれて、世界観を理解した人が増えてきたのだろう。笑いがどんどん大きくなる。

「だったらあたしは、この子を保育園に預けて働く。でも、待機児童の問題があるから」

「預けなくて平気よ。猫だから」

「先生、何言ってんだよ。育児放棄しろってことかよ？」

分厚い笑いが来た。狙いどおりだ。ジワジワ来るネタは、たった二分でも終盤に向かっていくにつれ、爆発力が増していくと竹村先生が言っていた。まさにそのとおりの展開だ。

さあ、ラストだ。もう終わっちゃうのがもったいないというか、寂しいというか。でも、私たちの演技を、とくとご覧あれ。

「さっきから先生は何なんですか。あたしたちの子供のことをなんだと思ってるんですか！」

「猫よ」

最後に今日一番の笑いが来て、一拍置いて「どうも、ありがとうございました」。

暗転と同時に、気が抜けそうになった。もう一度力を振り絞って、備品の片付けを始める。その間も、割れんばかりの拍手が続いていた。前回の申し訳程度の拍手とは質が違う。本当に楽しんでくれて、本当に笑ってくれて、私たちを称賛してくれる拍手。

やったあ！

込み上げてくる興奮が満足感となって、全身を包み込む。

スベった時の二分は地獄の長さだけど、ウケた時の二分はあっという間で、もっと舞台に立っていたいと心から思った。

舞台袖で、三人で抱き合った。みんな同じ手応えだったんだなって、言葉はなくても感じられた。

私の夢が叶った瞬間。またみんなで作品を創り上げて、またみんなで舞台に立ちたい。絶対に、絶対にもう叶わないと思っていた夢。

全身が幸福感に包まれて、体が浮遊しているみたいな錯覚すら感じる。

「次の組が始まりましたから」

女性のスタッフさんが、楽屋に戻るように促してきた。

演劇の時も充実感や達成感はあったけど、それとは全然違った、今はとても表現できない大きな感情の波に、私は飲み込まれていた。


荷物をまとめて外に出ると、杏と先輩たちが迎えてくれた。

「最高！」

先輩の一人が、両手を突き上げて笑顔で言ってくれた。

「わたしの音出しが？」

一緒に退場してきた千織先輩が冗談めかして言うと、「今そういうのいいから」とほかの先輩たちから頭をはたかれていた。

先輩たちは満面の笑みで握手を求めてきた。全員と握手を交わして、最後に杏と抱き合ったところで、憑き物が落ちたように体が軽くなった。何かから解き放たれた、そんな気分だ。

「おもしろかったよ。あんたたち、相変わらずいい演技するわね」

「脚本も最高。こんな発想、杏だからできるのかな」

「今日見た中では、ダントツであなたたちがよかったわ」

「笑う準備してたんだけど、そんなの忘れて自然と笑ってた」

次から次へと、賛辞が贈られてくる。先輩たちは、本当に楽しんでくれたみたいだ。

「二回戦はいつなの？　またみんなで応援に行くから」

先輩の一人が私に聞いてきた。そう言ってくれるのは嬉しいけど、ちょっと気が早いっていうか。

「まだ勝ってないですから」

「これで勝てなかったら、審査員がおかしいって。大丈夫、勝ってるから」

「風里、受付でもらった紙に二回戦のこと書いてあったけど。先輩たちに教えてあげたら？」

美月はもう勝った気でいるのか。その自信は素晴らしいけど、もしもの時に……。

いや、ここは美月を見習って、自信たっぷりでいこうかな。

受付でもらった用紙には、一回戦を勝った時、次に取るべきフローが書かれていた。

二回戦の日程は四つ。東京会場の日程が三つと、大阪会場の日程が一つ。第一、第二希望を選択してメールでエントリーとなっている。

「嘘でしょ！　東京の三つの日程、全部前売りで完売になってる」

先輩の一人が、スマホの画面を見つめながら嘆いている。

完売か。そういうレベルってことなんだよな。

二回戦からは、過去に準決勝進出経験のあるシードの芸人さんたちが出てくる。固定ファンもいるだろうし、お笑い好きの人たちにとっても楽しみなライブなのだろう。

ふと、刺さるような視線を感じた。

私たちのすぐ横を、わんぱくディッカーの二人が通り過ぎていく。眉間に皺を寄せて、両目から光線でも出しそうな勢いで睨んでくるカコと、会釈をして去る平川くん。

「知り合い？　あの二人、客席にいたわよ」

また見てたのか。たしかわんぱくディッカーの再エントリーの出番は、今日の最終組だったような気がする。

それにしても、カコのあの顔。少しは私たちを脅威に感じてくれたのかな。敵意を剥き出しにされたのがわかった。それならそれでいい。受けて立ってやる。

あのあと、先輩たちがご飯をご馳走してくれることになって、みんなで渋谷に出て、先輩の一人がバイトしているイタリアンレストランでパスタのセットを食べた。先輩たちは先輩たちで同窓会気分で楽しんでいるみたいだったから、遠慮なくご馳走になってきた。

そんなこんなで、青葉台に戻ったのが午後七時過ぎ。どこで発表を見ようかって話になって、私が田奈山公園を提案した。海斗は前回ここで見て落ちたからって渋ったんだけど、だからこそ、ここから再出発したいって私が言うと、美月と杏が賛成してくれて、海斗も折れてくれた。

コンビニで飲み物とお菓子を買い込んでやってきて、ベンチに座ってピクニック気分で談笑していると、次第に口数が減ってきて、今は緊張感を孕んだ空気が私たちを包んでいる。

日が延びたとはいえ、午後七時を過ぎるとさすがに辺りが暗くなり始める。犬の散歩や夜のジョギングをする人が時折公園を横切るくらいで、人気もなくなっていく。

六本木の会場を出た時や渋谷で食事をご馳走になっている時はあんなに自信に満ち溢れていたのに、いざ発表を前にすると不安ばかりが頭を駆け巡る。情けなくなるほど弱い自分に気づかされる。

「前回は何時頃だったか覚えてるか？」

「八時半頃じゃなかった？」

「私もそのくらいだったような気がする。まだ一時間くらいあるね」

「その日の出場組数によっても変動するようですから、時間が決まっているわけではないと思いますが」

そんなやり取りをして、また沈黙。やだよ、この感じ。

日が暮れて、暑さが急に引くわけじゃない。現に時折吹きつける風は、日中の熱気を含んだままだ。それなのに、背筋に寒気を感じるのはなぜだろう。感情も、身体の感覚もおかしくなってきた。

ふいに、手に持ったスマホがブルッと震えた。LINEが入ったことを告げる表示。

「千織先輩からだ」

食事の席でも千織先輩とはさんざん話したんだけど、まだ何かあるのだろうか。

「先輩、なんだって？」

海斗が顔を寄せてくる。

「ちょっと、覗かないでよ」

海斗のデリカシーのなさに苦言を呈してから、LINEを開く。

えっ？　これって……。

雷に打たれたような衝撃が走った。

「おめでとう……、だって。次回の打ち合わせはいつ――」

「おい！　早く発表のサイト開けよ！」

海斗に急かされて、エンペラーオブコント公式ホームページの結果発表のページに飛ぶ。

三人が私のスマホを覗いていた。誰も何も言わない。みんなの目力が強すぎて、スマホの画面が割れるんじゃないかってくらいで。

『七月十二日（日）、一回戦通過者』の欄をスクロールしていく。

ざっと十組目くらいか。〝横浜青葉演劇部〟の文字が飛び込んできた。

「よっしゃー！」

真っ先にリアクションを示したのは海斗で、両手を突き上げて天に向かって叫び声を上げていた。

美月が握手を求めてきた。演技ではない、満面の笑み。美月のこういう笑顔は、めったに見られない。いや、笑いながら涙を流す美月なんて見たことがない。

杏も涙を浮かべて、私と美月の手を握ってきた。

体の奥底から、勝利の快感が込み上げてくる。さっきまでの寒気が吹き飛んで、心地よい温かさが血液を伝って全身に運ばれていくようだ。

海斗がハグというレベルを超えるくらいぎゅっと、私たち三人の体を抱きしめてきたけど、今日は許す。

先輩たちから続々と祝福のＬＩＮＥが届く。きっと最初に気づいた千織先輩が、グループＬＩＮＥか何かで伝えてくれたのだろう。

「演劇ならまだ地区大会を勝っただけなのにね。あたし、涙が止まらない」

アイラインが滲んでいる。メイクが落ちるのも気にせず涙を流す美月なんて美月らしくない。でも、私はそんな彼女が大好きだ。

海斗は見晴らしのいい高台のほうへ走っていって、ひたすら何か叫んでいる。近所迷惑だから、そろそろ注意しよう。

杏はずっと、私の体を抱きしめている。頬に涙を伝えながら。

「おーい、竹村先生のとこ行かねえか？　報告しねえと」

海斗が思い立ったように、走って戻ってきた。

「ＬＩＮＥ入れておく。今日は夫婦の営みさせてあげようよ」

今日はもう少し、四人でいたい気分だから。

海斗も異論はないらしく、みんなで声を出して笑った。

見上げれば満天の星空があって、涙のせいもあってか、空全体が輝いて見えた。

19

七月十三日、月曜日。

まさか学校がこんなことになっているなんて思わなくて、なんかちょっとヤバいかなって思いだしたところで案の定というか、まあ当然なんだけど、昼休みに校長室に呼ばれた。

今朝早く、竹村先生から連絡があった。先生から連絡してくれるなんて何事かと思ったら、私たちを心配してのことだった。早朝の情報番組でエンペラーオブコント一回戦の様子が特集されていて、高校生のグループが勝ち上がったことを大々的に報じていたそうだ。大きな騒ぎになるだろうから、とりあえず今夜顔を出せと言われた。

そんな竹村先生の予想は的中して、ネットニュースでもエンペラーオブコント一回戦の速報記事が流れて、いくつかのグループがピックアップされていた。その中に、私たち横浜青葉演劇部の名前もあって、登校するなりクラスの友達からは祝福やら、なぜ教えてくれなかったとの文句やら、好きな芸人さんのサインをもらってこいやら、とにかく大騒ぎになった。

アマチュア高校生が一回戦を突破するのは快挙らしく、私が読んだ記事ではかなり持ち上げてくれていた。対照的に漫才ハイスクールグランプリ優勝のわんぱくディッカーが敗退したことも話題になっていた。高校生年代のお笑い界も群雄割拠だと、その記事は結んでいる。

「高校名を出すなら、事前に言ってほしかったな。取材依頼が殺到している」

そうは言いながらも、校長先生はご機嫌そうにすっかり薄くなった、ほぼスキンへッドに近い頭を撫でていた。

校内でこれだけの騒ぎになり、取材依頼が追いうちをかけ、こうして四人揃って呼び出されたというわけだ。もともと、美月、海斗、杏はいろんな意味で人気者であり、有名人だから、こんな記事が流れたら学校中で騒がれるのは、当然といえば当然なんだけど。

さらに、ここで一つわかったこと。どうやら学校側は、私以外の三人も演劇部在籍者として認識しているらしい。退部届を出していないことが、ここへきてこんな影響を生んでしまったようだ。私的には、今となってはそれがなんだか嬉しかったりもする。

「校長先生、甘いですよ。高校名を出して、本校の制服を着て、無許可でそのような場に出たわけですから、厳正に処分すべきです」

貧相な顔をした、これまた頭皮が丸見えの教頭先生が、ここぞとばかりに威勢のよさを見せている。普段は存在感ゼロなんだけど、なぜこんな時ばかり偉そうにするのだろう。

「処分てなんだよ？　校則に、エンペラーオブコントに出ちゃいけないなんて書いてないだろ」

海斗がまた、そんな感じで食ってかかった。あんたは火に油を注ぐ係の人かっ！

「揚げ足を取るようなことを言うんじゃない！　校則になんて書いてなくても、教頭権限でどうにでもしてやれるからな。だいいち、お笑い芸人の真似事なんて健全な高校生のすることでは——」

「君たちが、例の生徒さんたちですか？」

突然、校長室の扉がノックもなしに開け放たれた。

入室してきたのは、ダブルのスーツを着込んだ恰幅のいいおじいちゃんだ。見覚えはないんだけど、この人も髪が薄くて、校長先生、教頭先生と三人で並ぶと三兄弟みたいで……、いや、今はそれはいいか。

「理事長！」

高飛車な態度で喚き散らしていた教頭先生が、直立不動で緊張した面持ちになっている。校長先生も立ち上がって、一礼していた。

なるほど、このおじいちゃんが理事長なのか。

「ずいぶんな騒ぎになっているみたいですね」

「理事長、その件なのですが、たった今、教頭権限におきましてこの者たちを——」

「中学生の孫娘が、お笑いが大好きでしてね。テレビやインターネットだけじゃ飽き足らず、ライブっていうんですか、劇場にまで足を運ぶほどのファンなのですよ。今朝、早速連絡がありまして、おじいちゃんの学校の生徒さんだから応援してあげてと言われました」

ラッキー！　話のわかる大人の登場って考えていいのかな。

「大会は長丁場らしいですね。勝ち進んでいった場合、夏休みを終えてしまうかもしれないとか。校長先生、教頭先生、その際は公欠も検討してあげてください」

それはありがたい！　理事長、最高！

「もちろんですよ。今やお笑いも素晴らしい文化ですからね。今回の彼らの功績は、教頭として誇りに思っていたところです」

漫画みたいにわかりやすい変わり身をする教頭先生に、私たちは声を出して笑ってしまった。もちろん、教頭先生には睨まれたけど。

「理事長がそうおっしゃるなら検討させていただきますが、君たちはあくまで高校生であり、学業が本分であることは忘れないように。だから現状では、学校を通しての正式な取材は断らせてもらうから、そのつもりで」

教頭先生に比べると校長先生は、至極真っ当なことを言ってきて、でも私たちは取材を受けたいわけじゃないから、それはそれでいいし、断ってくれるのはむしろありがたい。

「いずれにしても、本校は運動部の実績こそあれ、それ以外の活動で注目されることはなかったわけだから、しっかり頑張りなさい」

結局どういう立ち位置なのってツッコミを入れたいところだけど、ここはおとなしくお礼だけ言って、校長室をあとにした。

「あれってよお、俺たちは期待されてるってことだよな？」

廊下を歩きながら、海斗が調子に乗っていること丸わかりの口調で言った。

「アホカメレオンは、どれだけ単純なのよ。大人たちが、お金のにおいを嗅ぎつけただけよ。教頭はあんたと同じでアホだけど、理事長と校長はかなりの曲者よ」

どっちかっていうと、私も美月と同意見。もちろん、お金のにおいだけではないと思いたい。だけど、海斗みたいに手放しに喜べるほど単純ではない。

私たちが入学する前の話だけど、女子バスケ部や女子卓球部が初めて全国レベルの結果を残した翌年は、受験者数が急増したって聞いたことあるし。さらに言えば、このどちらの部からも世界の舞台で活躍するような選手を輩出していて、結果的に高校名を広める広告塔になっていたりもする。

「あの方たちは、教師というより経営者ですから、打算があるのは然るべきだと思います」

あどけない顔つきでさらっと大人じみたことを言うところは、いかにも杏らしい。

「難しいことはわかんねえけどよお、期待されてることに変わりはねえんじゃねえの？」

「単純バカアホカメレオン」

はい、美月の言うとおりです。

それにしても、一回戦を勝っただけでこんな感じなのか。演劇の地区大会を勝った時も、これくらい盛り上がってほしかったなあ。

こんな形で、お笑いのメジャー賞レースの力を思い知らされるとは思わなかった。

もちろん、悪い気はしない。

放課後、部室で今後の話も含めたミーティングをしていると、意外なお客さんがやってきた。

「ここが君たちの稽古場なんだ？　生徒手帳を見せただけで、簡単に通してもらえるんだね」

来客証をぶら下げた、学ラン姿の平川くん。相方のカコの姿はないから、一人で来たのか。

「何しに来やがった？　お祝いでもしにきたのか？」

「さすがにそんな気分じゃないよ。僕たちは落ちたわけだから」

海斗の問いかけに、平川くんは胃が痛むように顔を顰めた。

「相方のメンヘラ女は一緒じゃねえのかよ?」

「そのことで謝りに来たんだ」

「もう杏の件は片付いたはずよ。ごねるなら、本当に法的手段に出るわよ」

美月が、そう言って凄んだ。

「その件を蒸し返すつもりはないから。実際、事務所ともうまい交渉ができて、杏さんの意向は汲んでもらえてるし」

当事者の杏が頷いているから間違いないだろう。

「今日ここに来たのは、カコのことなんだ。昨日の落選で酷く落ち込んでね。あの子のことだから、処理できない気持ちの矛先が君たちに向いてしまうんじゃないかと思って。それが心配で、一応伝えておこうと」

「それを抑えるのが、おまえの役目なんじゃねえのかよ」

ここは海斗の言うとおりだし、杏の一件もそれを約束してくれたから私たちは拳を収めたのだ。でもまあ、平川くんの苦労もわかるんだよね。

「悪い子じゃないんだ。それだけはわかってほしい」

そう言い残して、平川くんは帰っていった。

「あいつ、メンヘラ女に惚れてやがるのか?」

「たぶん、そういうんじゃないと思うよ」

うまく説明する自信がなかったから、これ以上は言わずにおいた。でも、私にはわかるんだよね。性格とか置かれている立場とか、やっぱり似てるから。

ミーティングでは今後の稽古の日程とか方針を決めて、今日は終わりにした。話し合っている間も、部室の外には人だかりができちゃってたし、集中できる環境じゃなかったから。

夜には竹村先生の家に行くことになっている。それまでどうしようかって話になって、とりあえず私の家に避難することになった。

四人揃って校門を出て、杏の歩くスピードに合わせて自転車を押していると、突然私たちの行く手を阻むように飛び出してくる人がいた。

「やっと来てくれた。正式に取材依頼をかけても門前払いだから、待たせてもらったよ。これ一応、名刺ね」

ひ弱そうな小男。一見すると、歳は四十代前半てところか。全然似合っていない赤いフレームのメガネと、時代遅れの古臭いショルダーバッグがアンバランスすぎて、年齢不詳を醸し出している。くたびれた鼠色の背広はヨレヨレで、ネクタイはしていない。何にしても、見覚えがある。どこかで会ったことがある男だ。

受け取った名刺には、『ライター　小俣信俊（こまたのぶとし）』と記されている。会社名などの記載はない。フリーライターというやつか。名前の記憶を辿る。少しずつ、何かが浮かび上がってきた。

「エンペラーオブコント一回戦突破おめでとう。驚いたよ、ネタを書いたのは、あの泉野杏さんだよね？〝偽りの美少女〟なんて言われてた」

みんなの顔色がさっと変わったのがわかった。私もきっと、緊張と敵意の籠もった表情になっていることだろう。

そうか、あの時の！

上昇気流のように、記憶の断片が湧き上がってきた。警戒心がマックスの状態になって、ここは逃げたほうがいいと判断したのとほぼ同時に、美月が動いた。

「杏に関わるな」

美月が杏を隠すようにして、その前に立つ。

「そして君は〝まあちゃん〟こと新倉美月さんだね？　みんな、大きくなって」

「行こう。こんな人に関わっちゃだめだよ」

私はみんなを促して、赤メガネの男に背を向けて歩きだした。自転車に乗っちゃえば一発なんだけど、杏もいるからしょうがない。

「そんなこと言わずに、話だけでも聞かせてよ」

「あの時は京浜新聞の記者さんでしたよね？　新聞社はクビにでもなったんですか？」

こういう輩は相手にしないのが一番なんだけど、つい言ってしまった。嫌味の一つでも言ってやりたくて。

「覚えていてくれたんだ、光栄だよ。君は宮内風里さんだね。お団子頭が相変わらずだから、すぐにわかったよ」

そしてこういう輩には、嫌味なんて通じない。

演劇部で全国優勝した中三の時、新聞の地方版に記事が載った。それを書いた記者がこの男だ。嫌な思い出しかない。

「ネットは見たかい？　君たちへの風向きが変わってきている。注意したほうがいい」

忠告のようなことまでしてきて、どういうつもりだろう。

「そんなこと、あなたに言われたくないです。杏、後ろ乗って」

二人乗りとか、私の高校はこういうことにうるさくて、教師に見つかると結構な罰を受ける。でも、今はしょうがない。自分たちの身を守るためだ。

杏はちょっと驚いたような顔を見せたあと、すぐに荷台にまたがった。そういえば、この前は美月も乗せたんだよね、なんて思いつつ、勢いよく自転車を漕ぎだした。

お母さんから譲り受けた、お古のママチャリ。こんな時ばかりはちゃんと荷台のついている自転車でよかったって思ったりもする。

「風向きが変わってきたってのは、こういうことかよ」

海斗が、溜息交じりに毒づいた。

私たちは自転車を飛ばして、田奈山公園に逃げ込んだ。昨夜はここでこのうえない感動を味わった。だけど精神状態が違うと、これほどまでに違う場所に見えるのかって気さえした。

「まったく、ムカつくぜ」

海斗は立ったまま、スマホの画面に恨み節をぶつけていた。

俯いてベンチに座る杏の様子を気にしながら、私も立ったままスマホの画面を注視した。ネットニュースでは、私たち横浜青葉演劇部がエンペラーオブコント一回戦を突破した件の続報扱いで、ネタを書いているのがかつて美少女脚本家として世間を賑わせた泉野杏だと報じられている。それ自体は事実だし、誤報じゃないから文句をつけにくいんだけど、そのコメント欄やＳＮＳでの書き込みが気になる。批判的なコメントばかりが目につくから。

「わたくしは大丈夫です、慣れてますから。こういうのは時間が経つのを待つしかありませんし」

杏はそう言ったけど、まん丸の瞳は悲しみに曇っているように見える。

「次はあたしかな。あたしの過去もおもしろいからね」

杏の隣に座る美月が、自虐的に笑う。中学の時もそうだったけど、なぜ二人がこんな思いをしなきゃならないのか。頭の中が火傷しそうに熱くなっていく。

「美月さん、ごめんなさい」

「杏が謝ることじゃないから。大丈夫、あたしも慣れてるから」

この二人を守りたい。何ができるかわからないし、高校生にできることなんて限られているとは思う。それでも力になりたい。

「それにしてもよお、早すぎねえか？　こんなにすぐ身バレするもんなのか？」

海斗にしては、的を射ている。

「私もそれが気になったの。こう言っては何だけど、舞台に立った美月が身バレするならわからなくもない。気づいた人がいるかもしれないし。でも脚本を書いたのが誰かなんて、こっちから言わなきゃ……」

そこまで言って、頭の中にひらりと何かが舞い降りた。

「風里さんの推測、わたくしもそれだと思います」

「さっきの平川の話も気になるわよね」

私が何かを察したことに、杏と美月が気づいたらしい。

「おい、俺だけわからねえ感じで進めんじゃねえよ！　どういうことだよ？」

「アホカメレオンは、その程度の洞察力もないの？　誰かがマスコミにリークしたってことよ」

苛立ちを露にする海斗に、美月がぴしゃりと言い放った。

「あっ！　それがメンヘラ女ってことか？」

「私も疑いたくはないけど、可能性としてはありえるかなって。杏と美月の過去を知ってて、それを広める動機のある人って限られてるから」

「あの女、どこまで性格悪いんだ」

「でも証拠があるわけじゃないから、今は彼女へ怒りをぶつけるよりも、どう対処するかを考えたほうがいいと思う」

犯人を特定したところで、今置かれている状況は改善されない。それよりも、現実を見つめたうえで、対応を話し合ったほうが建設的だから。

「ねえ杏、あの賞を獲った時の脚本って、本当に杏が書いたの？」

美月が、隣に座る杏に顔を向けた。

「ちょっと美月、何言いだすのよ」

私は動揺した。実際、発した声が震えていた。まさか美月がこんなことを言いだすとは思わなかったから。第一、あの騒動の経緯は一連の報道でさんざん耳にしたたし、何より杏本人からも以前に説明を受けたじゃないか。

私は気持ちを落ち着かせようと、優しく自分の胸に手を当てた。

そもそもの発端は、私たちが小五の時、杏が『ユースフル脚本大賞』を受賞したことだ。受賞者が小五であることに加えて、ビジュアル的な可愛らしさまで持ち合わせていたため、世間的に大騒ぎになった。私もテレビに映る杏を見て、同い年にこんな可愛らしい子がいるのかと、美月の美しさとはまた違った華に対して、多少なりとも嫉妬したのを覚えている。今考えると、そこじゃなくて大人顔負けの才能のほうに嫉妬しろよって、当時の私をツッコんでやりたいんだけど。

そんな中、世間の評価が大きく変わったのは、杏のお父さんがフリーの編集者であることが公になったからだ。それこそ、風向きが変わるっていうのはこういうことなんだっていう典型的な事例だ。お父さんが書いたんじゃないのか？　世の中の大半がそっち側になった。

『ユースフル脚本大賞』は、受賞作発表時にその全文がネット上にアップされる。このシステムが、結果的に杏にとっては仇（あだ）となった。

そこからは、作品内のあら探しだ。小学生が使うとは思えないワードや文体があるとか、お父さん世代では当然でも小学生がわかるとは思えない内容が含まれているとか、ネット上に多くの〝探偵〟が現れて〝正義の分析〟をするのがある種の流行になった。

私は小学生ながらに、社会の悪意というか、世間の怖さのようなものを感じた。杏が引きこもったのは、その直後らしい。

「わたくしが書きました。父は関係ありません」

以前にも聞いたことを、杏はしっかりと美月の目を見て言った。

「それなら堂々としてなよ。あたしも、もう逃げるつもりないし」

杏の肩に手を置いた美月の目には、子供を見守る母親のような愛のある光を感じた。

「わたくしも逃げません。わたくしは中学二年生の時に皆さんの中学に転校できたこと、演劇部に誘ってもらえたこと、それで人生が変わりましたから」

力の籠もったまん丸の目は、私を見つめてくれていた。

杏が転校してきた時は驚いた。転職をしたお父さんの都合で引っ越してきたのはきっと、世間から逃げる意味もあったんだと思う。でも本名での執筆だったし、この可愛さだから、すぐにあの泉野杏だってバレちゃって。

唯一の救いといえば、美月の時のようないじめはなかったこと。でも腫れ物扱いというか、どう接していいかわからないというか、結果的に敬遠された。杏のほうも、引越しを機に引きこもりをやめて登校しだしたらしいから、周りとのコミュニケーシヨンをどうとっていいかわからなかったと思う。

演劇部に誘ったのは、私の独断だ。課題で書かされた市の作文コンクールで、私が佳作で喜んでいると、杏はさらっと金賞を受賞して困惑していた。「何を困ることがあるの？　その才能を生かそうよ」。たしかそんな感じで誘った気がする。

「なんか懐かしいな。杏が演劇部に入ってきた時は驚いたぜ」

「風里がお得意の行動力を発揮して、勝手に誘ったのが発端よね」

海斗と美月は、思いを馳せるような顔をしている。

「風里さんじゃなかったら、お断りしてたと思います。風里さんの厚かましくないリーダーシップが好きです」

照れるけど、そう思ってくれるのは嬉しい。結果的に、杏が入部してくれたおかげで全国優勝もできたわけだし、私は感謝の気持ちでいっぱいなんだけどね。

「ねえ、これ見て。ネットの反応、悪いことばかりじゃないわよ」

美月が、スマホを私たちの眼前に寄せてきた。

——あの泉野杏がコント書いたの？　見てみたいんだけど

——動画、はやく～

——どんなコントなの？　意外とシュールだったりしてｗｗ

——二回戦のチケ完売とか泣ける～

——どうすりゃ見れるんだよ

記事についたコメントや、大型掲示板への書き込み、SNSでの発言、それらのまとめサイト。賛否あるコメント両方を紹介する中の〝賛〟側なのだろう。

「世の中の全員が敵ってわけじゃなさそうだね」

「それは、あたしも杏もわかってるけどね。あんたたちに出会った時に気づいたから」

少し照れ臭そうに言う美月と、真顔で頷く杏が対照的で、なんだかおもしろく思えた。

「やっと見つけた」

心地よい温かさに包まれかけた瞬間、ざぶんと水を浴びせられた。背広を脱いで、半袖のワイシャツ姿になった赤メガネの小俣が、息を切らしながら近づいてきた。額からは、滝のような汗が流れ落ちている。

「マジかよ？　ストーカーみてえにしつこい奴だな」

海斗は怒るというよりも、すっかり呆れているようだ。

「相手にすることないよ。みんな、行こう」

杏と美月を守るために必要なこと、今は無視を決め込むべきだと思う。これは逃げているんじゃなくて、身を守るための戦法の一つだから。

「ちょっと待ってくれよ。せめて話くらい――」

「いい加減にしてください！　いい大人が高校生をいじめて何が楽しいんですか？」

またやっちゃった。無視するって決めたばかりなのに。

「新聞記者時代に僕が書いた、君たち演劇部の全国優勝を伝える記事、もう一度読んでくれよ」

小俣は年季の入った焦げ茶色のショルダーバッグを、ゴソゴソと漁っている。

「あの時、僕は――」

「杏、しっかりつかまって」

再びママチャリの荷台に杏を乗せて、私は走りだした。

「なんか集中できねえな」

お母さんが出してくれたレッドブルに口をつけてから、海斗は大の字になって私の部屋のカーペットに寝転がった。

私たちの一回戦突破をお母さんも喜んでくれて、なぜか海斗にだけレッドブルを二缶渡したりしていた。そんなお母さんは用事があると言って出かけていった。お父さんはすでに海外勤務を始めていて、定期的に送らなきゃいけない物とかもあっていろいろ大変みたいだ。

このあと、私たちは竹村先生の家に行く。でもその前に、決めるべきことをここで全部話し合っておこうってことになった。

「冷房消してくれる？　少し風を入れたいから」

黒ウーロン茶を片手に窓際に立つ美月が、カーテンを開けて窓を半開きにした。網戸がついているから虫が飛び込んでくる心配はない。

「これ以上、あんなフリーライターのこと気にしてもしょうがないから、それより二回戦のこととか、いろいろ決めないと」

そう言って、私は熱いお茶をすすった。やっぱりお茶は心が落ち着く。

ひと息つけたおかげか、そこからは建設的なミーティングが始まった。美月は窓際に立ったまま座ろうとはしなかったけど、私たち三人は丸テーブルを囲んで座り、各々がきちんと発言する、理想的な時間がしばらく続いた。

「じゃあ、ネタは一回戦と同じで、どうパワーアップするかって方向で行くんだな？おまえたちがそれでいきたいなら、俺もよしとするか」

「ではまず、わたくしが修正をかけてみます。風里さんが微妙に語尾のトーンを変えていたのを覚えていますから、ツッコミの嗅覚を参考にさせていただきます」

杏は飲み物は飲まず、常に携帯している〝きのこの山〟を摘んでいた。

「私は自覚ないんだけどな」

ツッコミの嗅覚なんてたいそうなことを言われてもわからないから、ほかの議題を話したい。それにこの件は、竹村先生の意見も聞いてみたいし。

「それより、ＢＧＭの件を解決しようよ。頭はもっとシリアスなほうがいいかもって話。美月はどう思う？」

美月は振り向こうともしないで、窓際に立ったままスマホをいじっている。

「ねえ、ちょっと美月、聞いてる？」

「あ、ごめん。電話がかかってきてて。事務所から」

こちらを向いた美月の顔色が、酷く冴えなかった。

「もしかして、ネットでいろいろ言われちゃってるから？　怒ってる感じなの？」

「わからない。エンペラーオブコントに出ること自体、言ってなかったしね」

美月は一般人じゃない。小さいとはいえ、事務所に所属する芸能人だ。勝ったら勝ったで、新たな問題が出てくるんだなって気づかされた。

「ちょっと電話してくる。トイレに籠もってもいい？」

「おお、いいぞ。遠慮なく使ってくれ」

「ここ、私ん家っ！」

こんなやり取りがあって、当然ミーティングは中断だから、私は湯飲みを握り締めたまま立ち上がった。美月が立っていた窓際で、網戸越しに外をうかがう。

吹きつける夕方の風が気持ちいい。掃除や空気の入れ替えは日中にお母さんがしてくれるから、自分で窓を開けることはあまりない。卒業後一人で日本に残ったら、そういうことも全部自分でやらなきゃならないんだなって思うと、また心が重たくなった。

少しして、美月が「お待たせ」と言って戻ってきて、私と並ぶように窓際に立った。

「美月、大丈夫だった？」

「私の過去を絡めた記事がネットニュースに出始めて、事務所にも問い合わせや取材依頼が来てるって言われた」

美月がこんなに強張った表情を見せるのは珍しい。かなり強く言われたのかもしれない。

「申し訳ありません。やはり、発端はわたくしですから」

「杏、本当にそういうのはやめよう。あたしの記事の発端は、あたしの過去のおこない以外の何ものでもないから」

そう言える美月は立派だし、すごく大人だと思う。

「俺は難しいことはわかんねえけどよお、これってポジティブに考えればチャンスなんじゃねえのか？」

寝転がっていた海斗が起き上がって、飄々とした調子で言った。

「何言いだすのよ。美月も杏も、また大変な思いしてるのに」

相変わらずデリカシーのない男だ。いくら容姿がよくても、このままじゃ結婚とかは無理だろうなって思う。

「大変なのはわかるけどよお、美月も杏も注目されてなんぼの世界にいるんじゃねえの？　最終的には実力がなきゃ勝負できねえだろうけど、注目されなきゃその実力すら見てもらえねえだろ」

「それはそうだけど、美月も杏も掘り返されたくない過去を――」

「風里、いいの。今回ばかりはこのアホ……、海斗の言うとおりだから」

美月は私の発言を制して、丸テーブルの上の黒ウーロン茶を取りに行き、私の隣に戻ってきてから言葉を継いだ。

「今の電話で、事務所からも似たようなことを言われた。前にも言ったと思うけど、あたしの事務所は看板役者もいないような弱小だから、映画もドラマもチョイ役がせいぜい。台詞も一言二言だから、エキストラに毛が生えた程度。だから今来てる取材にも、できる限り応じてほしいって。どんな形でも露出してほしいって」

「そんなの酷いよ。美月を利用してるだけだよ」

痛みを伴う暗い思いが、胸の内に湧き起こった。

「風里、あんたは本当にお人好しの甘ちゃんだね。あたしはね、いつかこういう日が来ることはわかってた。エンペラーオブコントに出るって決めた時、勝ち続けていけば必ずこうなるってわかってた。予想よりかなり早かったから少し動揺しちゃったけど、事務所と話して覚悟も決まった。エンペラーオブコント自体は二回戦も頑張れって、事務所も言ってくれたし」

美月の瞳には、特別な精気が宿っているようだった。

エンペラーオブコントに出るって決めた時、私はここまでの覚悟をしただろうか。美月みたいなつらい過去を持ってはいないけど、夢を叶えるための犠牲というか、何かを得るために失うものを覚悟するとか、そんなふうに考えただろうか。いや、そこまでの覚悟はなかった。私はただ、またみんなと一緒に作品を創り上げて、また一緒に舞台に立ちたいっていう、その一点だけだった。彼女を見ていると、自分の浅はかさが情けなくなる。

「ねえ杏、あたしたちの過去は消したくても消せないわよ。だから思いっきり利用してみない？」

「賛成です。わたくしが書くドラマの脚本も映画の脚本も、それからコントの脚本も、わたくしの過去への興味がきっかけで見てもらえるなら、それで結構です。海斗さんのおっしゃるとおり、表現者は見てもらってなんぼですから」

美月も杏も、なんて強いのだろう。目頭に熱いものが込み上げてきたから、私は網戸の外に視線を投げた。

「大丈夫よ、あたしも杏も可愛いから。世間はね、最終的には可愛い子に優しいから。風里は叩かれるような過去を持ってなくてよかったわね」

「ちょっと、それどういう意味よっ！」

勢いよくツッコんだから少し涙がこぼれちゃったけど、胸の中で淀んでいた黒いものも一緒に飛んでいった気がした。

よし、竹村先生の家から戻ったら、今日は久し振りに大きな声で六法全書の朗読だ。

夜の九時になろうとしていた。

「顔を出せって言ったのはオレだけど、何度言ったらわかるんだ。時間を考えろ。こんな時間に生徒たちを自宅に連れ込んでることを学校に知られたら――」

「先生がクビになるだけだろ。俺たちは理事長にも応援してもらってる立場だから、大丈夫だしな」

「自己中心（ジコチュー）かっ！」

「ほら、早く入りなさいよ！　それからもう、玄関での漫才禁止！」

このやり取り、たぶんフサエさんも、ちょっとめんどくさくなってきたんだと思う。

「それにしてもあんたたち、一夜にして有名人じゃゃん。普通は賞レースに優勝したら、こうなるものなのに。一回戦を勝っただけでこんなことになってる芸人なんて、見たことないから」

ソファに座る私たちにいつものドリンクを出してくれながら、フサエさんが優しく微笑んだ。

たしかに、そういう意味ではありがたいのかもしれない。でもそれは美月と杏の多大な犠牲があってのことだから、素直に喜べるわけではない。

「もっとアマチュアが出場してるかと思ったんだけどよお、意外と少なかったよな」

海斗が、もっともな感想を漏らしていた。そしてそれも、私たちが注目される一翼を担った側面があるのではないか。

一回戦の会場には、至る所に香盤表が貼ってあって、そこには芸人さんの名前だけじゃなくて事務所名も載っていて、私たちみたいな〝アマチュア〟という表記はあんまり見かけなかった。

「ＭＪ１に比べると、エンペラーオブコントはアマチュアの出場数はかなり少ないからな。漫才と違ってコントは、劇団にも入っていない純粋なアマチュアが始めるには意外とハードルが高いんだ。どんなコントをするかにもよるが、衣装や小道具に金がかかったり、音を使うなら音源を用意したり、オペレーターの手配をしたりしなきゃならないからな。ネタさえ書いて覚えれば、漫才は今すぐにでも舞台に立てるが、コントはそういうもんじゃない」

ダイニングから持ってきた椅子に座る竹村先生が、わかりやすく説明してくれた。そう考えると、私たちは運もあったのかなって思ったりする。たくさんの人たちに支えてもらっている気がする。

「二回戦のことは、もう決めたのか？」

竹村先生の顔つきが変わった。もともとの強面に、いっそうの迫力が増す。これが本題なのだろう。

「ここへ来る前に、私の家でミーティングをしてきました。まず日程なんですけど、候補日が平日しかないんです。でも夏休みに入るので、問題ないかと思ってます」

「そうか、平日となるとまたオレは行ってやれないが、決まったら教えてくれ」

それは残念だけど、師匠が見に来てくれなきゃ勝てないなんて、そんな情けないことは言っていられない。ここからは、シード選手と戦わなきゃならないんだから。

「あと、二回戦で一回戦と同じネタをやろうと思ってます。先生はどう思いますか？」

これは意見が割れた。私と美月は同じネタをもっと深掘りして、徹底的にブラッシュアップしたいと考えていた。海斗は新しいネタのほうがインパクトがあるんじゃないかっていう派で、杏はどちらでも対応できますって感じだったから、多数決で同じネタってことにはなったんだけど、竹村先生の意見によっては方向転換も視野に入れるつもりだ。

「戦略性を問われる難しい質問だな」

竹村先生はそこで頭を回転させたいからビールが飲みたいなんて言いだして、フサエさんからあっさり却下されていた。

「結論から言えば、ネタ次第だな。とんでもなく強いネタを持っていれば、それ一本で準決勝まで勝ち上がれたりもする。尺、つまりネタ時間の変更に伴っていじる必要は生じるがな。実際、そうやって勝ち上がった芸人が何組もいるわけだし、その実績が証明してくれている。準決勝は二日間で二ネタを披露っていうレギュレーションだから、最終的にはもう一本用意しなきゃならないわけだけどな。まだそこまで考える必要はないし、個人的にはおまえたちの『猫』のネタは、おまえたちにしかできない強いネタの部類に入ると思ってる」

自信が湧いた。迷いが消えた。

私たちは、これでいく。

「それから、横山先生の件なんだが――」

唐突に、竹村先生が予期せぬ名前を出してきた。横山先生とは新卒一年目の男性数学教師で、形式上は本年度の演劇部の顧問だ。形式上と言ったのは、演劇経験のない人なので指導はできないし、部活に顔を出してくれたこともないからだ。部員が実質一人の廃部寸前の文化部に、名義貸しをしているだけの存在。本人からしたら、押しつけられた感しかないだろう。

「今日、ご挨拶してきた」

えっ？　なんでそんな……。竹村先生が、なんで……？

意味がわからず、動揺した。

「演劇部の正式な活動ではないとはいえ、部員の面倒を見てるわけだからな。筋を通すのは当然だろう」

竹村先生は、さも当たり前といった感じの表情を見せている。

「あの新米先生、どんなリアクションしてやがったんだ？」

海斗が、興味深そうに聞いた。その前に、竹村先生への感謝でしょうが。

「騒ぎになってる件を心配してるようだったから、そういったこともすべてオレが責任を持つと伝えてきた」

竹村先生の厳つい顔が、どんどん男前に見えてきた。

先生、大好きっ！

20

七月二十七日、月曜日。

Dグループ、十八組。十五時四十分集合。場所は、『ぎゅりあん小ホール』。これが私たち横浜青葉演劇部のエンペラーオブコント二回戦の詳細だ。

事前にグーグルマップで調べたところ、大井町の駅ビルを出てすぐみたいだから助かった。かなり歩くようなら、迷っちゃうかもしれないし。六本木同様、今の私には縁のない場所なので。

集合時間が遅めということもあって、午前中に学校に寄って発声練習を済ませてきた。夏休みに入ったから学校も人が少なくて、校庭や専用グラウンドで練習する運動部の子たちが目につくくらいだった。だから私は制服じゃなくて衣装のスーツ姿だったんだけど、咎められるようなこともなかった。

駅ビルを出ると、迷いようがないくらい近くに、ぎゅりあんが見えた。商業施設の中に劇場が入っているとのことなので、かなり大規模なのかもしれない。

昨日までの雨が嘘のように、真っ青な空から金色の陽射しが降り注ぐ。額や鼻の頭を焼かれる感じがする。風もないから、体感的には暑さが倍増だ。

「横浜青葉演劇部の人たちだよね？」

ぎゅりあんに向かって歩きだすと、二人組の中年男性に声をかけられた。一人はカメラをぶら下げている。

「ちょっとお話いいかな？」

名前も名乗ろうとしない。これは相手にするべき人じゃない。そういう判断は、自然とできるようになった。

「取材でしたら学校を通してください」

中学の時と違って学校が守ってくれる保証はないし、こういう対応をすることを学校に伝えてはいないんだけど、これも自分たちの身を守る手段だから。

「まあ、そんな硬いこと言わないで」

「硬いこと言ってんじゃなくて、拒否してんだよ。空気読めよ！」

海斗が敵意を剥き出しにした。

「君に聞きたいことはないから安心してくれ。〝まあちゃん〟と〝盗作脚本家さん〟に話聞くだけだから」

「なんだと、てめえ！」

拳を握り締めた海斗が目を剥いた。

まずいよ、こんなところで揉め事を起こしたら。いや、もしかしてこの人たち、挑発してるのかも。でもそれがわかったところで、この場を収める方策にはならない。

「ちょっとあんたたち、何してくれてんのよ。わたしたちのかわいい後輩に、指一本でも触れさせはしないからね」

救世主登場って、こういうことなのかも。今日もオペレーターをお願いしている千織先輩と、ＯＧたちが勇ましく登場してくれた。

あれ？　一回戦の時より人数増えてませんか？

「別に取って食おうってわけじゃないんだから」

一瞬だけ動揺を見せた男たちだったけど、やっぱりこういう輩は図々しくて、簡単には引こうとしない。

「いいから、どっか行ってよ。警察呼ぶよ」

「プロの記者なら引き際くらいわかるでしょ、帰りなさい」

「どこの記者よ？　こんなに大人数の女性と揉めたら問題でしょ？　あんたたちが他社の記事に載ることになるわよ」

千織先輩もほかの先輩たちも、普段とはキャラが違う。作った役で凄んでいるのが、私にはわかる。さすが、女優経験者たちだ。男たちの気勢を削ぐには充分な演技を見せつけてくれた。

「またあとで来るから。話題作りのためにも、二回戦で負けないでくれよ」

男たちが退散していく。もう来なくていいから。

「ありがとうございました。でもせっかく来ていただいたのに、今日は当日券の販売がないんです」

私は今の件の感謝も込めて、深々と頭を下げた。

「気にしないで。近くで応援したいだけだから」

「それにね、一回戦の祝勝会の様子をＳＮＳにアップしたら、同窓会みたいで楽しそうってＯＧたちが集まっちゃったわけよ」

さっきは極道の妻みたいに凄んでいた先輩たちなのに、今は和気藹々とした雰囲気を感じる。

そんなＯＧの方々を見送って、私たちは出演者受付へと向かった。

するとそこへ、せっかく高揚した気分に水を差すように、私たちの眼前に赤メガネのフリーライター、小俣が姿を現した。まあ、そりゃ来るわよね。

「ここは、わたしが引き受けようか？」

さっきのＯＧたちと同じく、千織先輩が力の籠もった形相で前へ出た。

「大丈夫です。あたしも杏も、もう逃げないって決めたので」

「そのとおりです。わたくしも、決着をつけようと思っております」

美月と杏が、お互いの顔を見つめて頷いている。その精悍な顔つきからは、決意の固さが伝わってくる。

「だから、ちょっと待ってくれよ。何か勘違いしているようだから、まずはきちんと説明させてほしい」

小俣はこちらの反応を待たず、矢継ぎ早に続けた。

「新聞記者時代、地域の中学校の演劇部が全国大会に出場するとのことで、仕事として取材に行ったのが始まりだった。そこで君たちの演劇を見て、仕事だということを忘れるくらいに感動した。だから僕の書く記事で、一人でも多くの人にこの感動を伝えたいと思ったんだ」

「そこで目をつけたのが、あたしと杏なんでしょ？　その感動ってのを、あたしたちの過去を利用して伝えたかったんでしょ？」

美月は冷ややかな目つきで、射るように小俣を見つめていた。

「決して悪意はなかった。取材を進めていく中で君たちのことを知り、不遇の少女二人が学生演劇で再起を図ろうとしている姿を、ただ純粋に伝えたかっただけなんだ」

「なぜそれが、自己満足だということに気づかなかったのですか？　そんなことをすれば、わたくしたちがどんな目に遭うか、そんな想像力すら持てなかったのですか？」

ここまではっきり意見する杏なんて、そうそう見られるものじゃない。それだけ思いが強いからなんだろうけど。

私たちが初めて小俣と会ったのは、新聞社が学校を通して申し込んできた取材の場だった。校長先生から説明を受けて、顧問の峰子先生同伴で応接室で取材を受けた。もちろん、そんな経験はしたことないから緊張した。でも、全国優勝しての取材だからウキウキしていたのも事実だ。

カメラマンを連れて現れた小俣は、今とは少し印象が違った。赤メガネの奥の目は獲物を狙う豹のようで、ギラギラして近寄りがたいと中学生ながらに思った。質問が次第に美月と杏のパーソナルな部分に寄っていき、峰子先生がストップをかけてくれた。何かを危惧したらしい峰子先生は教育委員会まで報告を上げてくれて、その根回しのおかげもあってか、実際に新聞に載った記事は、私たち演劇部の全国優勝を伝えると同時に、主力である三年生部員の当たり障りのない紹介にとどまっていた。

「結局、会社から止められたからね。低俗な週刊誌の真似事するなって。あの顧問の先生も、ものすごい剣幕だったね。教育委員会からのクレームよりも効いたな。あんなにたくさんの人から怒られたのは初めてだったし、この先もないだろうな」

小俣は懐かしむように口の端に笑みを浮かべてから、言葉を継いだ。

「だからって、手を抜いて書いた記事ではない。意図した角度から書くことはできなくなったけど、誠心誠意、君たちのことを伝えたつもりだ。もう一度読んでみてくれないか？　結果的に、新聞記者として書いた最後の記事が、それになってしまったしね」

小俣は古臭いショルダーバッグからスクラップファイルを取り出して、差し出してきた。美月と杏は戸惑っているみたいだったから、私が受け取った。読んでみたい気がしたから。

「なんで新聞記者を辞めたんですか？」

「組織の中にいたら書きたいものが書けないから。て言ったら格好よすぎるかな。あのあと、部署異動を命じられてね。端的に言えば、懲罰人事ってやつだ。それでかな。まあなんにしても、いい歳して青臭い話だよ」

小俣は、自嘲するような笑みを見せた。

「わかりました。じゃあ、好きなように書いてください」

「おい風里、好きなように書けってのは、いくらなんでも言いすぎじゃねえか」

海斗が慌てて制してきた。昨夜は過去を利用するのもチャンスだなんて言っていたくせに、いざとなるとこれだから困る。

やっぱりこういう時は女のほうが肝が据わっていて、美月と杏に困惑する様子は見られなかった。私だって見切り発車したわけじゃない。彼女たちの決意がちゃんと私に伝わっているからこそなんだ。

「だってこの人、もう新聞記者じゃないんだよ。あの時みたいに新聞社にクレーム入れることもできないし、そもそもこれは演劇部の活動じゃないから学校もどこまで守ってくれるかわからない。私たちは、自分で自分の身を守らなきゃいけないわけだしね」

「そりゃそうだけどよお、やりたい放題やらせたら――」

「風里に同意」

勢いをなくした海斗を遮り、美月が落ち着き払った口調で続けた。

「書くなって言ったって書くんだから、あたしたちが書かれてもいいような演技をすればいいだけだし」

「わたくしも同じです。仮に過去のことを書かれたとしても、それをきっかけにわたくしたちの作品を見てもらえるならと思います。海斗さん、それは昨晩お伝えしましたし、もともとは海斗さんが言いだしたことですよ」

「おまえたち……、すげえな」

本当にすごいし、本当に強い。彼女たちの決断を、私は精一杯サポートする。現実的な話として、私一人の力で彼女たちを守れるかはわからない。でも、彼女たちが攻撃された時は、一緒になってその攻撃を受け止める。そうすることで、少しでも痛みが分散できればって思う。

「じゃあ、取材もＯＫってことだね？」

小俣が色めき立った。

「まずは、私たちの今日の舞台を見てください。あなたがどんなふうに受け取り、どんなふうに伝えようとするのか、それを確認してからです。これが私たちにとっての、自分で自分の身を守るということです」

そのためには、大人たちと対等な関係を築いていかなきゃならない。大変なことだとは思う。でも、やらなきゃいけない時なんだ。私たちはもう中学生じゃないし、高校卒業だって見えてきたのだから。

「いいだろう。契約してるネットニュースに署名記事を上げるから、期待しててくれ」

小俣はそれ以上は言わず、客席入り口のほうへ向かっていった。

受付を済ませたところで、杏と別れた。杏は二回戦のチケットをもともと持っていた。わんぱくディッカーについていた時に事務所を通して確保しておいたらしい。彼らが一回戦で敗退して、こんな形で役に立つとは、なんとも皮肉な話だけど。

エントリーナンバーシール〝１１２２〟番と準々決勝の案内が書かれた用紙を受け取り、私たちは出演者控え室に向かった。楽屋というよりも大部屋。無機質なスペースに詰め込まれるのは、二回戦だからといって変わらないようだ。

一回戦以上に、空気がピリついている。演者たちのオーラが違うというか、強者に見えるのは気のせいか。いや、テレビで見る顔が所々にあるからだろう。ここからは、シード選手たちの登場だから。

「ひょっとして俺たち、注目されてんのか？」

何を呑気なことをって、海斗の背中を叩いてやった。間違いなく、この部屋で一番注目されているのは私たちで、入室した瞬間から痛いくらいに視線が刺さってきた。ワイドショーやネット上で、あれだけ騒いでくれれば当然だろう。

受付でもらったナンバーシールを貼り終えたところで、オペレーターの呼び出しがあった。千織先輩は「頑張ろうね」と笑みを見せて、部屋を出ていった。

前のグループの人たちが、一人、また一人と戻ってくる。この待ち時間がたまらない。一回戦を二回経験したとはいえ、この緊張には一生慣れないいんじゃないかって思う。

「おはよう。グループは違うけど、また同じ日だね」

カラフルな五人組が戻ってきて、声をかけてきたのは赤の衣装、センチメンタル★

ゾーンのマリサさんだ。そうだ、またこの人たちと一緒なんだ。彼女の言うとおり、グループは違うけど。

「客はまた、あんたたちのファンばかりか？　だとしたら客席は今頃ガラガラだな」

「ちょっと海斗、やめてよ」

挑発的な態度を取る海斗の腕を引っ張った。本番前に揉め事なんてごめんだ。

「安心して。一回戦みたいな感じにはならなかったから。二回戦のエントリーする前に、チケット完売しちゃってたからね」

そうだ、キャンセルで当日券が若干販売されたみたいだけど、二回戦からは純粋なお笑いファンで常に満員御礼だと、ネットで見つけた記事が伝えていた。

「それより、あなたたちのほうがよっぽど有名人じゃない？　ネットニュース見たわよ。客席が記者さんばかりだったりしてね」

海斗の挑発への報復か。このアイドル、相当気が強そうだ。

「それじゃあ、健闘を祈ってるわ。次の準々決勝でもご一緒できたらいいわね」

私はあんまり会いたくないけど、こればっかりはね。それにしても、笑顔で握手をしているアイドルの子たちって、みんなこんな感じなのかな。芸能界で生きていくって、こういうことなのかな。美月は子供の頃からこんな世界にいたんだよね。

尊敬の念を抱きつつ、私には向いていない世界だなって、冷めた目で見ている自分を自覚する。

「おっ！　これはこれは、元有名人の高校生諸君！　才能の欠片もなく、お笑い界を去っていった元ポンコツ芸人のお師匠さんは同伴じゃないのか？」

また面倒臭いのが来た。バベットビートも前の組だったらしい。

「知らなかったよ。元有名人が再起を賭けての出場だったとはな」

小太りの長尾さんは、ラッパーのようなダボダボの服を着ている。どんなコントをしてきたんだか。

「うるさいわね」

美月が挑発に乗った。止めても無駄だから、もういいや。

「あんたたちお笑い芸人だって、一世を風靡したあとに下火になった人たちがここに来てるでしょ？　あたしたちがとやかく言われる筋合いはないけど」

「そんな雑魚、眼中にないね」

長尾さんの視線が、室内の何人かに飛ぶ。それを見た相方の堀田さんが、蔑むような引き笑いをする。どこまでも最低な二人組だ。

「失礼だと思います。たとえ今は下火でも、お笑いの歴史を紡いだ人たちに対して、そういう言い方はよくないと思います」

我慢ができず、私も挑発に乗った。この二人は、見るに耐えない。

「生意気だな、アマチュア風情が。どうせここまでだ。いい思い出を作れよ」

見下されているような視線と、下卑た笑い。血液が沸騰して、私の怒りは沸点に達した。

「決勝まで行くって言いましたよね？　全国ネットの生放送であなたたちに勝ちますから。それまで負けるなよ！」

心臓だけじゃなくて、血管まで強く脈を打っているのがわかる。体中が、熱くて熱くてしょうがない。

「おい風里、キャラが変わってるぞ」

海斗が心配そうに、いや、嬉しそうに肩を叩いてきた。美月も「よく言ったわね」と笑顔を見せてくれた。

肝心のバベットビートの二人は余裕綽々で、「はいはい」と片手を上げて背を向けられちゃったし、部屋中から嘲笑が聞こえてきたけど、別にかまわない。

笑いたけりゃ笑ってろ！　この大会が終わった時、最後に笑ってるのは私たちだから！

「バベットビートも勝ちやがったな。センチメンタル★ゾーンは落ちたみてえだぞ」

スマホを片手に落ち着いた口調でそう言った海斗が、テーブルの上のレッドブルに手を伸ばした。フサエさんからの伝言で、冷蔵庫に入っているから勝手に飲んでいいと言われ、遠慮の欠片も見せずに取ってきた缶だ。

午後九時。小雨がぱらついてきたのもあって、今日は田奈山公園じゃなくて、竹村家で結果を待つことにした。いつもどおり、私たち四人はソファに座り、竹村先生はテレビ前の座布団の上で缶ビールを飲んでいる。そろそろ飲み干す頃だろう。

「お代わりは、だめですからね」

「おい風里、嫁さんみたいなことを言わないでくれよ」

竹村先生が、顔を歪めて抗議してきた。

「ちゃんと見張っておけって、フサエさんから言われてるので」

フサエさんは、実家に帰っている。ＬＩＮＥで伝言を預かったんだけど、実家でお父さんの介護をしている兄夫婦が所用で一晩家を空けるためだと言っていた。

「おまえたちは、いろいろ決めなきゃならないことがあるんじゃないのか？」

それは、そのとおりだ。

私たちは、勝った。二回戦を突破した。また千織先輩が真っ先にＬＩＮＥをくれたし、ＯＧの方々からも祝福の連絡が止まらない。

もちろんそれは嬉しいんだけど、一回戦を勝った時と比べるとすごく冷静というか、泣いて喜ぶような感情は湧いてこない。たぶんそれは、もっと高いところを見ているからだと思う。

「準々からはネタ時間が五分だろ？　またいろいろ考えねえとな」

海斗も、二回戦突破をいつまでも引きずるつもりはないらしい。レッドブルを飲みながら、準々決勝の話題にシフトチェンジしていた。

「先生、何かアドバイスをいただけますか？」

そう問いかけると、竹村先生は立ち上がり、私たちに背を向けた。

「まずは自分たちで考えて、自分たちで決めてみろ」

竹村先生が、襖を開けた。寝室に行くつもりのようだ。

「なんだよ、冷てえな」

海斗は口を尖らせている。

「悩んで、迷って、それでも答えが出なかったら頼ってこい。答えが出たなら、その報告だけでいい。それに対しては、徹底的に指導してやる」

背を向けたまま寝室に入っていく竹村先生が、後ろ手で襖を閉めた。

「フサちゃんがいねえと、最初の頃の先生に戻っちまうのか？」

「だからあんたは、いつまで経ってもアホカメレオンなのよ。その頭は一生、治らないのかしらね」

海斗は不機嫌そうだったけど、美月が呆れるのももっともだ。

「中学を卒業する時、峰子先生にも同じようなことを言われたでしょ。あたしは今でもはっきり覚えてるわよ」

私も、それを思いだしていた。たくさん悩んで、たくさん迷って、たくさん考えろって。そんなことを言われたんだったよね。それが必ず、糧になるからって。

「そういえば、言われた気もするな」

海斗の顔から、険が取れた。思いだすの遅いから。

「どうやらわたくしたちは、指導者に恵まれる運命みたいですね」

〝きのこの山〟を摘む杏が、可愛らしく微笑んだ。

「さあ、話を戻そうか。私たちでしっかり考えて決めよう」

みんなの表情が引き締まるのがわかった。

「なんにしても、今までの倍以上の時間、あたしたちの演技を見せられるんだから、こんなに幸せなことはないわね」

こういうところ、美月は根っからの女優なんだと思う。

「五分かあ、長いね。演劇は一時間だったのに、なんでこんなふうに感じるんだろうね」

またやれと言われたらたぶんできちゃうんだろうけど、今は演劇が違う世界の話みたいで、おかしな気分だ。

「俺たちの体、すっかりコント師になっちまったんじゃねえか？」

「あたしは女優よ」

海斗の冗談に対しても、そこだけは譲れないらしい。これもまた美月なんだけど。

「それはそれとして杏、準々決勝以降の脚本の話なんだけど──」

杏は〝きのこの山〟を食べるのをやめて、いや、完食したらしく空箱を渡してきた。

渡されても困るんですけど。

「コントじゃなくて、演劇をやるっていうのはどうかな？」

「おい風里、何言いだすんだよ！」

「アホカメレオンに同意。笑ってもらわなきゃ勝てないわよ」

海斗と美月が結構ガチなテンションで、私に食ってかかってきた。

「ごめん、私の言い方が悪かった。ていうより、説明が足りなかった」

こういうのって、本当に難しい。

「私たちはこれまで竹村先生の指導のもとで、突貫工事でお笑いの知識を得て、少ない経験の中からではあるけど、技術も身につけてきた。演劇とコントのテンポや間の違いも直感的に直してきたし、そういう意味では、コント師としても成長してきたのかもしれない。でも、私たちのベースは演劇だし、何より私たちは演劇部だから」

「かっこいいこと言ってるのはわかるんだけど、もう少し説明してもらえるかな？」

美月は不満げだ。こればかりは、わかってもらえるまで説明を続けるしかないだろう。

「演劇にだって喜劇があるわけで、見てくれる人に笑いを届けることはできるでしょ？　要は、全国大会で優勝した中学の時みたいに、私たちらしい自然体の演技を見せたいなって。笑わせようとするんじゃなくて、結果として笑ってもらえたらいいかなって。だから作品は、この『猫』を五分の作品にして再構築する方向でも全然いいと思うし、まあそれは杏に書いてもらうわけだから、私が大きなことは言えないけど、とにかく私は、あの頃みたいな演技がしたいの」

うまく伝えられたかはわからない。いや、きっと伝わりきってはいないだろう。それでも、これが私の正直な気持ちで、今みんなに伝えたいことなんだ。

「わかったような、わからないようなって説明だな」

海斗が首を傾げている。まあ、そうなるよね。

「わたくしはわかりました。わたくしも皆さんの〝演劇〟を見てみたいですから、五分と言わず、十分の作品で見てもらうというのはどうでしょうか？」

「おまえ、何言ってんだよ。準々決勝もそれ以降も、ネタ時間は五分だぞ」

海斗は呆れ顔で立ち上がり、わざわざ背後に回って彼女のツインテールを持ち上げた。

「わたくしのツインテールは、持ち物ではありません。わたくしは、準決勝も見据えています。準決勝は二日間です。二日にわたって、異なる二作を披露するというレギュレーションになっています」

「杏、まさか……」

私の心臓が音を立てて早鐘を打ちだした。

「二作を連作にしようと思っています。一作目を『猫』の五分バージョンとして書き直し、二作目をその続編とします。そうすれば、十分の作品になります。もちろん、構想はすでにあります。いずれにしましても、準々決勝を勝ち上がっていただかないと、すべてが水泡に帰すわけですけど」

まったく、すごいことを考えてくれる。

ソファに座り直した海斗と、美月の顔を見やる。二人とも呆気に取られながらも、期待を膨らませているって感じだ。

そして、書くのが楽しみでしょうがないという杏の顔。これもまた才能であって、彼女がとてつもなく高いところにいる証明なんだと思う。

「おい！　ちょっとこれ見てみろよ」

海斗が割って入るように、スマホの画面を見せてきた。

「何よ？　準々決勝に向けての大事な話をしてるんだから集中してよ」

ちょっとイラッときた。演劇でもコントでも、脚本は核だ。その打ち合わせをしている時に話を脱線させないでもらいたい。

「悪い、悪い。でもあいつが早速、記事書いたみてえだからよお。ネットニュースに、もう上がってるぞ」

小俣の記事か。それなら、海斗が割り込んでくるのも頷ける。海斗が差し出すスマホの画面には『横浜青葉演劇部　エンペラーオブコント二回戦突破！』の文字が浮かんでいる。

さあ、どんな記事にしてくれたのよ？

期待と不安が入り混じったような感情が膨れ上がって、心臓が早鐘を打つ。

＊

否定、批判をしている人は、まず彼女たちの舞台を見てほしい。興味本位に掘り返す過去ではなく、彼女たちの『今』を見てほしい。それでも過去をフォーカスしたいのであれば、彼女たちの力では抗えない不遇の時代ではなく、彼女たちの力で勝ち取った中学生時代の演劇全国優勝の功績に注目してもらいたい。幸運にも筆者は、その時代を自身の目で見ることができた。当時から彼女たちは輝いていた。コントという新たな舞台でも、輝きは失せることなく、新たな光も調和して発し続けている。これから彼女たちの本当の姿を目の当たりにするであろう人たちのために、予備知識として筆者の印象を書き添えておく。

新倉美月

幼い頃から演技力には定評があったが、彼女が努力家であることを忘れてはいけない。演じる役と真摯に向き合い、納得がいくまで研究し、その役を演じきる。コントの舞台でも、研究し尽くされた役作りで、観客を物語の世界に引き込む。彼女の表面上の美しさではなく、演技の美しさに魅了される。生まれもっての主演女優なのだろう。

岡崎海斗

中学生の時の彼の演技に対して、筆者は当時の記事に『カメレオン俳優』という印象を書かせてもらっている。いわゆる天才肌の役者なのだが、コントに至っては役が憑依して演じきるだけでなく、周りの役者を引き立たせる演技も披露し、自身が脇役に徹することで生まれる笑いを楽しんでいるかのように見える。助演男優としての新たな才能を、コントで開花させた。

泉野杏

たった2分のコントであるが、これだけで彼女のクリエイティブな才能はわかることだろう。高校生が持つ大人でも子供でもない曖昧さ、そしてその葛藤を、コントでの笑いという形に見事に昇華させている。あえて過去に触れるなら、小学生の時の受賞作も、中学生の時の演劇も、等身大の自身と同世代を描いた作品であった。彼女は『今』を大切にしている。今回のコントも、今の彼女でなければ書けない作品なのかもしれない。

宮内風里

演出兼俳優の彼女は、中学生当時、周りの天才たちの陰に隠れ、目を奪われる存在ではなかった。しかしコントを見て気づかされた。彼女には役作りの幅広さがあり、老若男女を演じきれる。プロの役者には必要のない才能かもしれないが、今回のコントにおいては、必要不可欠な存在になっている。そして忘れてはならないのが、彼女のリーダーシップだ。中学生の時も部長として部を全国優勝に導いた。才能は集まれば集まるほど混沌とする。それを纏め上げるのもまた、才能である。（了）（文・小俣信俊）

＊

「風里、あいつからスクラップ受け取ってたわよね？　見せてくれる？　中学時代の全国優勝の記事、実はちゃんと見てないのよね、いろいろゴタゴタしちゃってたから。改めて見てみたくなったわ」

私がスクラップを渡すと、暖かい陽光を浴びたように、美月の表情が明るくなった。

「俺は見たけど、また見てえな。中坊の時はアホだったから、今読んだらまた違う感じになりそうだしな」

海斗も、機嫌のよさが声のトーンに表れている。

「あんたは今でもアホでしょ」

「うるせえな、早く読めよ」

「ほら、喧嘩しない。読んだらミーティング再開するよ。もう時間も遅いし、決めること決めて、竹村先生に報告しないと」

「先生、酔っ払って寝ちまったんじゃねえか？」

海斗の視線が、襖のほうに投げられた。

「だったら、叩き起こすまでよ」

こういう美月も、小俣さんに見てもらったほうがいいかも、なんて思ったりもした。

フサエさんから使っていいと言われた湯飲みに口をつけ、熱いお茶を少しずつ流し込む。五臓六腑が熱を持ち、力が充満されていく感覚。これが心地よくてたまらない。

「なんだか風里さん、嬉しそうですね」

杏は新しい〝きのこの山〟の封を切っていた。何個携帯してるのよ。

「リーダーシップを褒められたから、急にリーダーシップを意識しちゃって。結局、風里が一番単純でしょ」

美月がいたずらっぽく笑って、海斗と杏も続いて笑った。

「なんとでも言ってくださいな」

リーダーは大変だ。でもこういうの、嫌いじゃない。

そうだ、あの人の取材、受けてみようかな。

21

七月二十八日、火曜日。

昨日ネットニュースに載った記事のおかげで、世界が少しだけ変わった気がする。いや、さすがにそれは言いすぎかもしれないけど、とりあえず学校が休みなのは助かった。学校があったら、一回戦を勝った時以上の騒ぎだったと思うし、また理事長、校長先生、教頭先生の〝つるぴかトリオ〟の茶番劇を見せられる羽目になっていたかもしれないいし。とにかく、私たちを見る世間の目は確実に変化していて、その一つがこれ。

杏が所属するアイプロが、事務所ビル内の稽古場を貸してくれた。照明や音響設備も完備された稽古場なのでありがたい。大手芸能事務所が私たちのようなアマチュアに、美月に至っては他事務所の所属なのに、その寛大さには感謝の気持ちでいっぱいだ。

ダンスレッスンもできる稽古場とのことで前面は鏡張りで、いちいち動画を撮らなくてもリアルタイムで細かな動きがチェックできる。最初はちょっと照れ臭さもあったんだけど、鏡に映るTシャツ、ハーパン姿の自分たちを見つめながら、『猫』五分バージョンの稽古に励んでいた。

「お邪魔します」

出入り口の扉が開いて、わんぱくディッカーの平川くんが顔を見せた。その後ろに、背後霊のようにカコさんがくっついている。学ランとセーラー服、二人とも舞台衣装だ。

「何しに来たんだよ」

「うちの事務所だし」

海斗とカコさんが、またいつもの調子でやり合った。テレビに出るような芸能人だったら、完全に共演NGだろう。

「カコ、そんな喧嘩腰じゃなくて、伝えたいことは丁寧に言わないと」

平川くんは子供を諭すように、噛んで含めるような言い方をした。

「あんたたちのこと、マスコミにリークしたのカコじゃないから。事務所の人とか、ほかの芸人には話したから、そこから漏れたかもしれないけど」

「そんなこと気にしてたわけ？　意外と小心で驚いたわ」

美月が鼻を鳴らして笑った。

「ムカつく。やっぱ昔からあんた嫌い」

「ほら、もう終わり。美月も大人気(おとなげ)ないこと言わないで」

美月まで参戦しちゃうと収拾のつかない事態になりそうだから、早めに手を打つ。

「カコさんも、もういいから。正直言うと、私たちはあなたを疑ったりもした。でもよく考えたら、ほかの可能性だって全然あり得るよね。この時代、誰が気づいてもおかしくないことだし、遅かれ早かれマスコミは嗅ぎつけてきたと思うし」

「君たちなら、そう言ってくれると思ったよ。僕からもお礼を言わせてもらう。ありがとう」

平川くんが頭を下げてきたんだけど、カコさんは不機嫌そうにそっぽを向いちゃってる。まあ、これも彼女らしいと取ればいいか。

「なんでおまえが礼を言うんだよ？　そっちのメンヘラ女が言うことだろ」

「ほら、海斗も喧嘩腰にならないで。この件はもう収めようよ」

芸能の世界だからか、お笑いの世界だからか、関係者が個性派揃いで疲れる。だからこそ、私みたいな凡人が調整役に回らなきゃいけないんだよね。

「カコもわかってはいるから、勘弁してあげてほしい。それよりカコ、伝えたいことはまだあるだろ」

平川くんはカコさんのほうを向いて何やら促しているけど、まだ何かあるのか。これ以上の揉め事は、それこそ勘弁してほしい。

「一回戦の再エントリーから格段によくなったと思うから、そのクオリティで五分のネタが完成すれば、決勝も見えてくるんじゃない。シュールなネタだけど、準々や準決のお客はお笑い通だからハマると思うし」

カコさんは私たちと目を合わせようとせず、そっぽを向いたまま呟くように言った。

「あんたから、そんなこと言われると思わなかったわ」

鳩が豆鉄砲を喰らったような、美月はそんな顔をしていたけど、次第に口元が緩むのを私は見逃さなかった。

「でも、優勝はないから。決勝のスタジオ観覧のエキストラ客には絶対ハマらないから」

「カコ、今そんなこと言わなくても――」

「じゃあね」

平川くんの発言を遮って、カコさんは背を向けて歩きだした。セーラー服のスカートを揺らしながら、振り返ろうともせずに退室していく。

「あれでも彼女なりの最大限の賛辞だから、そう受け取ってあげてよ」

「おまえ、あんなのといてよく平気だな」

海斗は、呆れ顔で首を傾げている。でも私は、少しだけわかる気がした。

「平川くんは、相方さんが大好きなんだね」

〝カコさん〟じゃなくて〝相方さん〟て言ってみた。

「もちろんだよ。二人で天下を取るって決めたからね。人生のパートナーだ」

「結婚しちまえよ」

そういうことじゃないんだろうな。海斗って、こういうとこ鈍いっていうか、繊細さが足りないんだよね。

「僕も失礼するけど、十六時にはここを使わせてもらうからね。来週にＭＪ１の一回戦を控えてる身なんで」

優しい笑みを見せていた平川くんの目に、鋭い光が宿った。

そうか、もう次を見てるんだね。

ちょっと焦燥感みたいなのも感じて、でもそれよりも、準々決勝を絶対に勝ってやるって気持ちがより強くなって、体がすごく熱くなった。

22

八月十七日、月曜日。

二回戦と同じく、準々決勝の会場はぎゅりあん小ホール。私たちの集合時間は十五時だから、これも前回とほとんど変わらない。だからなのか、これから受付という段階になっても、不思議と落ち着いているっていうか、嫌な緊張はない。

ちょっと前に、応援に来てくれたOGたちへの挨拶を済ませた。運よく前売りでチケットを購入できた先輩たちは客席に向かっていった。そうでない先輩たちは、ただここへ来てくれただけだ。本当に、感謝の気持ちしかない。

杏は、受付ギリギリまで一緒にいたいと言ってくれた。彼女は事務所が確保していたチケットを譲ってもらえたらしい。

「千織先輩、大丈夫かよ？　さっきから何回目だよ、トイレ」

「あたしたちの分まで緊張してくれてるんじゃない？」

海斗の問いかけに、美月が落ち着いた返答をしている。私たちと違って全国大会を経験していない千織先輩は、「こんな大きな大会の準々決勝なんて初めてだから」と言って、お手洗いの往復をしている。ほかの先輩たちからも茶化されていた千織先輩が、「あの時わたしたちが連れていってあげられなかった大舞台に、連れてきてもらっちゃったみたいだね」なんて言うものだから、涙がこぼれそうになった。

でもなんにしても、そろそろ時間だから戻ってきてほしい。

「おう、おまえたち、これから楽屋入りか？　なんとか間に合ったみたいだな」

「あんたってば、ギリギリじゃん。もっと余裕もって行動しようって、現役の頃もよく言ってたのに」

聞き慣れた声。安心感を与えてくれる声。私たちにお笑いとは何かを教えてくれた二人の声。でも、聞こえるはずのない声に、頭が戸惑っている。

「先生とフサちゃんじゃねえかよ！　何してんだよ！」

真っ先に反応したのは海斗で、彼も驚いているようだった。

「あんたたちの応援に来たに決まってるじゃん」

フサエさんが、わざとらしく海斗の頭をはたいていた。

「でも竹村先生、お仕事は？　家業のほうも、柔道部のほうも」

「ああ、大丈夫だ」

私の問いかけに、竹村先生は小さく笑みを見せた。

「チケット取るのは大変だったけどね。当然前売りは完売してたし、昔のコネを引っ掻き回して、なんとか二枚確保したって感じだから」

フサエさんの口調に、熱がこもった。

そこまでして、私たちを見に来てくれたんですね。

全身に温かいものが流れだしたかのような気分になる。

「おいおい、また授業参観か？　しかも今度は、ブタも一緒かよ？」

せっかく気持ちが穏やかになったのに、最悪の声が聞こえてきた。バベットビートの二人だ。

「メガトンキッスのお二人さんは、どんだけお笑いに未練があるんだよ？　ガキどもの世話してないで、自分たちで出場しちまえよ。まあ、今さら出たところで、負け犬が連敗記録を更新するだけだろうがな」

長尾さんの嘲笑と、堀田さんの引き笑いが神経を刺激する。不愉快を通り越して、怒りで胸が爆発しそうだ。

「相変わらず調子に乗ってるみたいじゃん。でもあんたたちと絡みに来たんじゃないんでね、さっさと楽屋入りしちゃいなよ、目障りだから」

フサエさんが怨念のこもったような目を、彼らに向けている。

「こっちも絡みたくなんかねえわ。また投げ飛ばされちゃかなわねえからな。それとも、MJ1チャンピオンを投げ飛ばして、もう一度ニュースにでもなってみるか？そんなことでしか脚光を浴びることができなかったもんな、おまえらは」

長尾さんの発言に追随する堀田さんの引き笑いが、どんどん大きくなっていく。

「それからガキども。おまえらこそ、調子に乗ってんじゃねえぞ。ここまで来れたのを、実力だなんて思うなよ。母親が犯罪者の元有名子役と、ロリコン受けしてる盗作脚本家の知名度で上がってこれたヨゴレどもが！」

「いい加減にしやがれ！」

空気を切り裂くほどの、空間が割れるほどの、とにかく大音声が辺りに響き渡った。私も我慢の限界だったけど、誰よりも先に怒りを爆発させたのは、竹村先生だった。

「メガトンキッスを、オレたちをどうこう言おうがかまわない。メガトンキッスはバベットビートに敵わなかった。それは間違いのない事実だ。だけどな、この子たちを、オレの弟子たちを悪く言うのは許さねえ」

「負け犬が偉そうに吠えるな。師匠ごっこもここまで来ると痛々しいな」

「オレの弟子たちを、あんまり舐めないほうがいい。この子たちが、おまえたちをぶっ潰すからな」

「こんなガキどもに何ができる？　まあ、せいぜい頑張れや」

長尾さんたちは、そう言い残してこの場をあとにした。

いつの間にか、周りに人だかりができていた。出場する芸人さんたちか、いや、通行人も含めた一般の人たちが多そうだ。スマホを掲げて、写真や動画を撮影している人までいる。これが、ＭＪ１チャンピオンの知名度なのか。

「あたしと杏を守ってくれてありがとう。先生、かっこよかったよ」

美月が竹村先生に向かって、感謝の眼差しを向けている。

「あんたも隅に置けないじゃん、美月みたいな美人にかっこいいなんて言われて」

フサエさんが、竹村先生の背中をバーンと叩いた。

「これを見てください」

背中をさすっている竹村先生と、寄り添うように横に立つフサエさんに向かって、杏がスマホの画面を見せていた。

「香盤表です。わたくしたちの出順は、バベットビートの直前です」

杏の言いたいことが私にはわからなかったんだけど、フサエさんがすぐに何かを察したようだ。

「まったくあんたたちは、ほんとに持ってるじゃん。神懸(かみがか)ってて、怖くなるよ」

「意味がわかんねえよ。俺たちとあいつらの出番が前後ってことだろ？　それがどうかしたのかよ？」

海斗が眉を顰めて、首を傾げている。

「直接対決みたいなもんじゃん。これまでも経験したでしょ？　賞レースの予選は基本的にはほかの全グループが敵なわけだけど、特に出順が前後のグループのパフォーマンス次第で、自分たちの勝敗に影響するわけ」

一回戦で、あのアイドルグループにしてやられたことを思いだした。

「審査員だって、一応は絶対評価でつけてるんだろうけど、前後のグループは無意識のうちに相対評価しちゃうだろうし。つまり、あんたたちのでき次第で、あいつらをぶっ潰すことだってできるってことよ」

たぶん本来は、余計なことを考えずに自分のパフォーマンスに集中するのがいいのだろう。でも、今回ばかりは考えてしまう。あの人たちを負かしたうえで、私たちは勝ち上がりたい。だって、あんな大見栄を切っちゃった先生の、いや、師匠の面子を潰したくないから。

竹村先生は口を一文字に結んで、それでいて何か言いたそうに私たちを見てきた。不器用な師匠だけど、私はこんな竹村先生が大好きだ。

「先生、何も言わなくていいですよ。先生の思い、ちゃんとわかってますから」

以前にフサエさんから聞いた、竹村先生の寝言の話。あいつらをぶっ倒したいって、うなされていることがあると。敵討ちは、私たちが引き受けます。

「あたしたちがあいつらを、バベットビートをぶっ倒してくればいいんでしょ？」

ほら、美月もちゃんとわかっている。

竹村先生の顔に、計り知れない感情が込められているのは明らかだった。

「先生、ここまでのご指導、本当にありがとうございました。私たちの五分、瞬きしないで見ていてください。必ず、恩返しをしますから」

私は努めて、言葉に力を込めた。

「いい弟子を持って幸せね」

フサエさんがもう一度、竹村先生の背中をバーンと叩いた。

「おう、やってやろうぜ！　師匠が敗北した宿敵を弟子が倒すって展開、胸アツじゃねえか！」

「中二病かっ！」

私が海斗にツッコミを入れると、自然と笑いに包まれた。そう、このほうが私たちらしくていい。

ふいに、眩しすぎる光を感じた。入道雲の隙間から、炙(あぶ)られるような陽射しが降ってくる。

さあ、準々決勝、五分の舞台だ。

「遺伝したって言いたいの？　じゃあ、あなたたちのどこに猫の要素があるのよ？」

「俺、猫背だし」

「それは人間よ」

「あたしは猫なで声をよく出すから」

「それも人間よ」

「誰の前で出してんだよ？　俺は聞いたことないぞ」

「今はそこじゃないから。ややこしくなるからやめて」

「泥棒猫って言われたこともあるわ」

「それも人間。主に人間の女が人間の女に言う台詞よ。ていうかあなた、言われるようなことしたの？」

笑いがだんだん大きくなる。わたしたちが作りだす世界観が受け入れられた証し。

そしてここからはもう、完全に私たちのペースだ。

会場は超満員。二回戦で経験している会場だから、声の通りもわかっているし、笑いの反響具合も把握している。演劇経験者なら、一度でも立ったことがある舞台なら、そういうものは感覚的に調整できる。

気持ちも乗ってきた。杏が書いてくれた『猫』五分バージョンは、会話劇の要素がより強くなっていた。この不毛なやり取りをあえて長く続けることで、演劇のシュールさを醸し出したいと杏は言っていた。だからといって、観客がだれてしまったら意味がないので、そこは惹きつけ続ける演技が必要なんだけど。

「好きなミュージカルは『キャッツ』」

「まだ続けるの？　もう遺伝の話はいいわ」

「俺の好きなアイドルは〝おニャン子クラブ〟」

「だからいいって言ってるでしょ！　てか、世代でもないでしょうがっ！」

今日一番の大爆笑が来た。

ちらりと袖を見やると、次の出番で控えている長尾さんの、歯噛みしている顔が確認できた。頭を掻き毟りすぎたのか、モジャモジャになっている。いや、そのアフロはもともとか。

とにかく、それくらい私には余裕があった。

「さっきから先生は何なんですか。あたしたちの子供のことをなんだと思ってるんですか！」

「猫よ」

オチもビシッと決まった。大きな分厚い笑いと同時に暗転。今度は割れんばかりの拍手。話題性だけじゃなくて、ちゃんと実力で認めてもらえたことが、しっかりと伝わってきた。

五分はあっという間だった。一、二回戦の二分よりも短く感じた気もする。それでも私は、心の底から安堵して、全身が満足感に満たされた。

「ここで見ていこう」

ハケた舞台袖で、三人で交互に握手だけ交わしてすぐ、美月が冷静な口調で言った。その視線は、舞台上に送られている。

バベットビートのコントが始まっていた。パイプ椅子二脚を運転席と助手席に見立てた、教習所のコントだ。

あれ？　このネタ……。

既視感（きしかん）があった。彼らが漫才の中でやっていた気がする。漫才の中でコントに入ることを〝漫才コント〟と言うと竹村先生に教わったけど、テレビで見たことがあるネタだ。

それが影響してかどうかはわからないし、直前の出順の私たちのウケ量が影響したかもわからないんだけど、観客のリアクションはイマイチだった。もっとはっきり言ってしまえば、スベっていると見てもいいのではないか。

「楽屋へ戻ろう」

ハケてきたあの人たちと、無用なトラブルは起こしたくない。まだ結果は出ていないけど、これだけははっきりわかったから。

私たちは、バベットビートに勝ったんだ。

その夜、私たちは竹村先生のお宅にお邪魔していた。いや、もはや〝お邪魔〟なんて感覚は皆無になっていたけど。

準々決勝三日間の最終日である今日は、夜に結果速報が流れることになっている。だけど二十時半を過ぎようとしている今も、まだ発表はない。

「腹減ったよ、食いながら待とうぜ」

テーブルに並べられた、フサエさんお手製の料理の数々。いつもどおり、L字のソファの角には美月が座って、私、杏、海斗が並んで腰かけている。海斗はそれらを眺めながら涎（よだれ）を垂らしそうに、いや、もう垂らしちゃってるし。

「まだ結果が出てないこの状況で、よく食べたいなんて言えるわね」

私も美月と一緒。とても喉を通りそうもない。

「やれるだけのことは、やったじゃねえかよ。今からできることなんてねえわけだし、食いながら結果を待とうぜ」

「わたくしも、海斗さんのご意見に賛成です」

めちゃくちゃ意外なんですけど。杏が海斗寄りで、こんなことを言いだすなんて。

「杏、おまえも腹減ったのか？」

同調してくれたのが嬉しかったのか、海斗は勢いよく立ち上がって、杏の背後に回った。

「そうではありませんし、それから、わたくしのツインテールは持ち物ではありません」

杏は恒例のやり取りに付き合ってから、言葉を継いだ。

「結果が出たあとは、やらなければならないことが山ほどあります。学校への連絡義務もありますし、小俣さんの独占取材にオンラインで応じるお約束もあります。ゆっくりご飯をいただいている時間がないと思われます」

たしかに、それはそうなんだけど……。

取材に関しては、小俣さんからだけは受けてみることにした。確執から始まった小俣さんとの関係だけど、今はそれなりに信用できる人だと判断している。

学校に関しては、いよいよ理事長と校長が本格的に動きだしたというか、何やら画策している様子が窺えてきな臭い。私たちを利用しての宣伝が始まるのかもしれない。まあ、それはそうなってから考えればいい。

「杏の言うとおりだ。せっかく嫁さんが用意してくれた料理が冷めちまう。食べることにしよう」

「そうして、そうして。乾杯はまずは『お疲れさま』ですればいいじゃん」

ダイニングから持ってきた椅子に座る竹村先生とフサエさんが、缶ビールのプルトップを開けている。

この会を主催してくれているお二人がそう言うのだから、ここはそうさせてもらうことにする。

「よっしゃー。ほら風里、早く乾杯の音頭とれよ！」

レッドブルの缶を掲げている海斗が、口を尖らせて急かしてくる。

「なんで私なのよ？」

「リーダーだからに決まってるでしょ」

黒ウーロン茶を掲げる美月も、急かすように言ってくる。

「じゃあ……。本当にお疲れさまでした。竹村先生、フサエさん、ありがとうございます。では乾――」

「結果が出たみたいです」

このタイミングかいっ！

杏がスマホの画面を掲げて見せた。

私たちは競うように集まって、その画面を注視した。『準決勝進出者発表！（計三十四組）』というページを、杏がゆっくりとスクロールしていく。

心臓が飛び出してきそうな錯覚。その心音が緊迫した空気を切り裂いて、頭に響く。

五十音順ってなっているから、私たち〝横浜青葉演劇部〟は最後のほうなんだけど、なかなか見つからないことに、焦燥感が芽生える。

「あったぞぉぉぉぉ！」

雄叫びのような海斗の声が、室内に響き渡る。

私も確認した。〝横浜青葉演劇部〟の文字が、確かに刻まれている。

杏と美月が握手を求めてきたから、しっかりと握り返した。竹村先生とフサエさんは笑顔で握手を交わしたあと、吠え続けている海斗を二人がかりで拘束していた。

私たちにはもう一つ、確認しなければならないことがある。

「バベットビートは？」

美月の目に、再び鋭さが宿る。

「ない、みたいですね」

杏の言葉を確認するように、私はもう一度、合格者全ての名称を凝視した。

ない。間違いなく、ない。

体感だけでなく、目に見える結果でも、私たちは勝ったんだ！

勝利の実感が、全身の血液を沸騰させる。

「あたしたちを甘く見た罰よ。いい気味だわ」

クールに振る舞いながらも、美月の顔には歓喜の色が滲み出ている。

「いや、それだけじゃない。あいつらは、コントを舐めていた。テレビや劇場出番で使い古してるような漫才のネタを、無理やりコントに仕立てて持ってきても、準々決勝くらいなら勝ち上がれると思ったんだろう。あいつらは、エンペラーオブコントを舐めていたし、何より、この賞レースに出場しているすべてのコント師たちを舐めていたんだ」

竹村先生は感情を抑えているようだったけど、息が荒い。興奮しているのがわかる。

「大変です。ネットが荒れています」

突然、杏が切迫したような声を上げた。エンペラーオブコントのホームページではなく、今はほかのサイトを見ているようだ。

「俺たちへのアンチコメントか？　そんなもん、放っておこうぜ」

海斗が、嫌気が差したように言った。

「違います。バベットビートが、大変なことになっています」

杏が掲げるスマホのもとに、私を含めた全員が集まった。

画面を見やると、ネットニュースの呷り文句がいくつも表示されていた。

『バベットビート、一般人に暴言！』

『エンペラーオブコント出場の高校生にもモラハラ発言！』

『暴言動画がＳＮＳを通じて拡散！』

『吉川興業が調査に乗り出す』

「会場前で、わたくしたちとやり合った様子を撮影した人が、ＳＮＳにアップしたのだと思います」

「フサちゃんをブタ呼ばわりしたり、美月や杏にも酷えこと言ってやがったからな。ざまあみやがれ、クソ野郎ども」

海斗が両の拳を握り締めて、興奮気味に言った。彼の言うとおりだ。あんな最低の悪人が、世に蔓延っていていいわけがない。もし神様がいるのなら、ちゃんと見てくれてたんだね。

フサエさんがさっと涙をぬぐったのを、私は見逃さなかった。

そんなフサエさんは、すぐにいつもの快活な笑みを見せ、海斗とハイタッチをしてから続けた。

「準決勝はいつだっけ？　ウチも予定を空けておかないとね。でもまた、チケット取るの大変じゃん。なんてったって、エンペラーオブコント準決勝は〝日本最高峰の劇場コントライブ〟って言われてるくらいだからね。ほら、決勝はテレビだから、劇場ライブとは違うから」

「チケットなら予約してある。それも即完だったみたいだけどな」

竹村先生……。私たちの準決勝進出を、信じてくれてたんだね。

また胸に、温かいものが込み上げてきた。

「じゃあ、あんたしっかり働いてよね。〝日本最高峰の劇場コントライブ〟のチケットは、当然お値段も最高峰なんだから」

またまた背中をバーンと叩かれている竹村先生が、少しだけ情けない顔を見せた。

ちょっと気弱なこういう先生も大好きだ。

「それでおまえたち、準決勝の二本目のネタは、この前聞いたとおりでいくのか？」

先日の竹村家でのミーティング後、一応その件を先生に伝えた。でも最終決定するのは、準々決勝を勝ってからにすると報告したのだ。

「先生に伝えた時点では連作コントってことだけでしたけど、もう少し詳しく話しますと、トータル十分の演劇をやりたいと思ってます。ここからは杏、お願いできる？」

私は杏に、バトンを渡した。

「一日目は、この準々決勝の『猫』をおこないます。そして二日目なんですけど、登場人物や設定はそのままで、十年後の話を書いています。美月さんと海斗さんは結婚していて、その生活を描くとともに、そんな元教え子を心配して様子を見に来た風里さんとの会話劇を喜劇風に表現してみました。明日には脚本をお見せできるようにします」

相変わらずというか、杏のとんでもない発想には舌を巻く。

「アイデアとしては申し分ないな。となると、海斗と美月は初めて、等身大ではない役を演じるわけだな。当初の風里の脚本でも高校生役だったからな。これは楽しみだな」

「二十八歳の役ってことか？　別にたいしたことねえよ」

「あたしも演じる自信はあるわ。杏、役作りのためにバックボーンも用意してほしいわ」

海斗も美月も、精悍（せいかん）ないい顔をしている。

「あんたたちの演技力は心配してないけど、五分の新ネタをライブにかけずに、いきなりエンペラーオブコントの準決勝でやるってどうなのよ？」

フサエさんの言うとおりだ。観客のリアクションを見て改変を繰り返す大切さは、これまでの経験からさんざん学んだ。

「その心配はございません。わたくしが所属していますアイプロの事務所ライブへの出演を確保してあります」

「マジかよ？　杏おまえ、そんなこともできるようになったのかよ？」

海斗が興奮気味に、ガッツポーズを見せている。

「喜ぶのは結構ですけど、お笑いの〝お約束〟としては、ここはわたくしのツインテールを持ち上げるところなのではないでしょうか？」

「杏の言うとおりだ。海斗、おまえはお笑いの才能はないみたいだな」

師匠の一言に、海斗は結構本気で落ち込んでいるようだった。

「しかし実は、この件で事務所にかけ合ってくださったのは、わんぱくディッカーのお二人なんです。平川さんと浜野さんです。特に浜野さんは、『事務所ライブで、あいつらに大恥かかせてやる』とおっしゃっていました」

「あのメンヘラ女、ふざけやがって！」

海斗は、そう言うよね。でもこれはカコさんなりの気遣いで、そういうところも含めてカコさんなんだと思う。そしてそのカコさんを優しく見守っているのが、平川くんなんだろう。

「アイプロも懐が深いじゃん。ここはお言葉に甘えて頑張ってきなよ」

フサエさんの言うとおり、もちろんそうさせてもらうつもりだ。稽古場を貸してもらえただけでもありがたかったのに、今度は事務所ライブに出演させてもらえるなんて、アイプロさんには感謝しかない。

「難しいこと考えるのはあとにしてよお、もう一度乾杯しようぜ」

「その前に皆さん、いったん座りませんか？」

レッドブルを掲げる海斗を制して、杏がこの不思議な空間にツッコミを入れた。興奮のせいで、みんなが立ったままだった。

そしてさっきから、私のスマホがひっきりなしに震えている。まあいい、お祝いの言葉への対応はあと回しだ。今はこの幸せな時間を満喫したい。

「それじゃあ、あらためまして」

みんなが腰を下ろして、飲み物を持ったのを確認してから、私が仕切った。いつの間にかリーダーに祭り上げられちゃったけど、いつものことっちゃいつものことだし、これはこれでいい。

「準決勝進出おめでとう！　そして、必ず決勝いこう！　乾杯！」

「乾杯！」

私が掲げる麦茶のグラスに向かって、みんなが腕を伸ばしてくる。

この夜、私たちはいつまでも、いつまでも語り合っていた。これまでの苦労話や失敗談、演劇をやっていた頃の話まで、話題が尽きることはなかった。

竹村先生も、饒舌だった。芸人さん時代の話を、フサエさんに茶々を入れられながら語ってくれた。

コントを始めて、本当によかった。たくさんの人たちと出会えて、たくさんの経験をさせてもらって、たくさんのことを学ばせてもらった。

だから、まだまだ頑張りたい。私たちはあらためて、次の準決勝の勝利を誓い合った。

だけど……。私たちの快進撃は、ここまでだった。

エピローグ

九月四日、金曜日。

「〝コンパクトレンズ〟さん、おめでとうございます」

これで七組目。あと三組か……。

準決勝二日目。大手町の『日建ホール』。二日間の熱戦を終えたあと、休憩時間を挟んで私たち出場者三十四組は、再び会場に集められた。

客席と舞台の間に特設された席に座るよう指示されて、舞台上のＭＣが決勝進出者十組を読み上げていく発表形式だ。

お客さんは、すでに退場している。六百席以上が満席だった客席は、今は運営側のスタッフさんや、演者側のマネージャーさんとか、事務所関係者が居座っているだけだ。アイプロさんの計らいで、杏もそこにいさせてもらっている。

「〝冥王星のカンガルー〟さん、おめでとうございます」

これで八組目。名前を呼ばれた男性二人組が、両腕を突き上げて喜びを爆発させながら、舞台上へ向かっていく。

両隣に座る美月と海斗は、拍手こそしているけど、唇を噛みしめている。

準決勝はすべてにおいて、次元が違った。その一言に尽きる。

まずは、会場の雰囲気に飲まれた。規模的には演劇で経験したことのあるキャパなんだけど、超満員の観客が大爆笑した時の、空間が歪むようなあの感覚は、演劇では経験したことのない異様なものだった。

そして何より、ここまで勝ち上がってきた芸人さんたちのレベルの高さは、まさに異次元だった。テレビの中では食レポをしたり、ドッキリにかけられて情けない姿を見せている有名人たちが、必死に演技と向き合い、命懸けでコントをしているのが伝わってきた。ここまで来ると、そういう〝思い〟の差が、そのまま結果に表れるということも知った。

それでも、私たちも大健闘だったと自負している。一日目も二日目も、充分すぎるほどの笑いが起こった。二日間通して見に来ている人が多いせいか、特に二日目では連作であることに驚きの声が上がり、私たちの思惑どおりに観客が反応してくれて、楽しくて楽しくてしょうがない舞台だった。だから私は、計十分間の舞台に、なんの後悔もない。そう、後悔はないはずなんだけど……。

「〝水玉杏仁〟さん、おめでとうございます」

　これで九組目。男女コンビの女性のほうが泣きだして、相方さんがそれをなだめながら舞台へと上がっていく。

　いよいよ、決勝進出最後の組の発表だ。

「〝缶詰ヒーロー〟さん、おめでとうございます」

　私たちの名前は、呼ばれなかった。


　無言のまま楽屋に戻って、帰り支度を済ませて通路に出たところで、杏と合流した。それでも言葉はなくて、関係者通路の先に出入り口が見えてきたところで、突然海斗が蹲（うずくま）って、嗚咽を漏らし始めた。

　海斗……。

　そういえば、すべてはこの男が始まりだった。海斗がエンペラーオブコントに出ようって言ってくれなかったら、私たちはこの場にはいなかっただろうし、何より四人がまた集まることもなかった。

　そう、私の夢はもう叶ったはずなのに、私の夢が叶うこともなかった。なんでこんな気持ちになるんだろう。いつの間にか、夢が大きくなっちゃったのかな。

　蹲る海斗に寄り添うように、その背中を抱きしめた。

それが呼び水であったかのように、みんなが声を出して泣き始めて、四人で体を寄せ合って、ただただ泣き続けた。

どれだけ泣き続けていたのだろう。私たちの横を通り過ぎる人もいただろうけど、誰も声をかけてはこなかった。だから思う存分、泣き尽くすことができた。

「はい、もう泣くの終わり。ここを出たら、来年に向けての戦いが始まるんだし、あの扉はそのスタート地点なんだから」

私は努めて声を張って、前方に見える出入り口の扉を指差した。

ふいに思いだした。あの時、千織先輩はこんな気持ちでみんなに声をかけていたのかなって。今さらながらに、大変な役目だっただろうと思い知らされる。

「そんなにすぐ切り替えられねえよ」

海斗はまだ涙声だった。

「ほんとこういう時、男の人ってだめだよね。ねえ、美月」

「あたしも無理だから」

ここは頑張って乗っかりなさいよ！

「杏は？〝きのこの山〟でも食べて、元気出さないとね」

「こんな時に食べられるわけないじゃないですか」

高一で負けた時は食べてたくせにっ！

「じゃあちょっと、私の話を聞いて」

大きく深呼吸してから、ゆっくりと語りだす。

「私ね、嬉しかったし、楽しかった。四人でまた作品を創り上げて、舞台に立って、ちょっとクサいけど、青春ができたかなって」

部員が一人になっても私が演劇を続けてきたのは、またこんな日が来ることを夢見ていたからだ。信じていたからだ。

「部活を頑張ってきた高校生って、部活を引退すると青春も終わっちゃうみたいなところあると思うの。でもエンペラーオブコントって、これからもずっと出られるから、ずっと青春してられるんだよ。おばあちゃんやおじいちゃんになっても、青春してられるんだよ。これってすごいことだと思わない?」

私たちの青春は、まだ始まったばかりだ。

「さあ、まずはお世話になった人たちや、応援してくれた人たちに、ご挨拶しにいこう」

この扉の向こうで、たくさんの人たちが待っていてくれる。きっと私たちを、満面の笑みで迎えてくれると思う。

「笑顔で挨拶しようよ。泣くのは、来年の嬉し涙に取っておこう」

「そういうおまえも、涙で顔がぐちゃぐちゃだぞ」

ぐちゃぐちゃって。女の子に言っていい台詞じゃないでしょ。

「鼻水まで垂らしちゃってるし。もう有名人なんだから、自覚を持ちなさいよ」

泣き顔も美しい美月とは、そりゃ大違いでしょうよ。

「顔が溶けかけているゾンビみたいです」

表現力の無駄遣いっ！

さあ、一歩を踏み出そう。立ち止まっている時間なんて、もったいない。だから
――。

私たちは、笑いながら泣いていた。

完

この物語はフィクションであり、
実在の人物・団体などとは一切関係ありません。

文芸社文庫NEO

横浜青葉高校演劇部　コント師になる⁉

二〇二二年一月十五日　初版第一刷発行

著　者　田中ヒロマサ

発行者　瓜谷綱延

発行所　株式会社　文芸社
〒一六〇－〇〇二二
東京都新宿区新宿一－一〇－一
電話　〇三－五三六九－三〇六〇（代表）
〇三－五三六九－二二九九（販売）

印刷所　株式会社暁印刷

ISBN978-4-286-23293-5